도미노를 입은 소년

작가의 말

　제가 태어난 산골에서는 책이 귀했습니다. 저는 어려서 글자만 보면 반가워 닥치는 대로 읽는 아이였습니다. 면 소재지나 번화가에 나가면 간판 글씨를 읽느라 모르는 골목을 헤매고 다녔지요. 그즈음 우연하게도 《쿠오바디스》라는 책이 제 손에 들어왔는데 무슨 내용인지도 모르면서 끝까지 읽었던 기억이 납니다.

　"쿠오바디스 도미네(Quo Vadis Domine, 주여 어디로 가시나이까)?"

　그 책에서 발견한 라틴어 문구를 아무 상황에서나 써먹고 다니며 잘난 척을 하기도 했습니다. 청소년 소설 《도미노를 입은 소년》을 구상하는데 저의 그 시절이 스윽, 하고 다가와 제 어깨를 두드렸습니다. 놀랍게도 도미노라는 단어는 프랑스 사제들이 입는 긴 망토에서 유래했다고 합니다. 누군가의 눈에는 사제들의 긴 망토가 도미노처럼 보였던 것일까요?

　고대 인도 신화에 따르면 인드라 신이 머무는 궁전에는 커다란 그물이 있는데 그물코 하나마다 구슬이 달렸다고 합니다. 하나의 구슬이 부정적인 소리를 내면 옆의 구슬도 영향을 받아 그물 전체에 부정적인 영향을 미치게 되고, 하나의 구슬이 맑고 아름다운 소리를 내면 그물망 전체에서 맑은소리가 울리며 온 세상으로 퍼져나갑니다. 세상에서 사제들이 어떤 역할을 하는지 생각하면 사제들의 긴 망토가 도미노에 비유된 것이 전혀 엉뚱하지만은 않은 것 같습니다. 사제들은 맑고 아름다운 소리를 세상에 퍼트리러 온 분들이지요.

이 소설의 등장인물들을 한 장의 도미노처럼 생각해 소설을 써야겠다고 결심한 것은 그 때문입니다. 장도진의 도미노와 김찬영, 김찬대 형제의 도미노는 서로 다른 소리를 낼 수도 있었지만 김찬영, 김찬대 형제의 힘이 더 강력하다면 장도진이라는 도미노도 예상과는 전혀 다른 소리를 낼 수도 있지 않겠어요?

우리는 모두 세상 여기저기에 흩어져 있는 인드라망의 구슬이자 한 장의 도미노와 같습니다. 집이나 학교, 친구 사이에서 셀 수 없이 많은 도미노가 쓰러질 준비를 한 채 늘어서 있다고 상상해 보십시오. 나는 어떤 소리를 이어받아 다음 사람에게 전달해 줄 것인가. 또는 그물망 저쪽에서 세상에 해가 될 만한 소리가 네트워크를 통해 파도처럼 이쪽으로 밀려오고 있을 때, 나는 그것을 내 이웃에게 전달할 것인가. 아니면 불쾌하기 짝이 없는 그 소리를 아무와도 연결하지 않고 내 앞에서 사라지게 할 것인가. 아마도 김찬영, 김찬대 형제가 꿈꾸는 파도는 그런 게 아니었을까요?

유난히 더웠던 여름이 지나가고 책 읽기 좋은 계절이 왔어요. 이 책이 여러분들에게 마음의 양식으로 남았으면 좋겠다는 바람을 가져봅니다.

고맙습니다.

가을 하늘 뭉게구름과 함께
남상순

도미노를 입은 소년

1판 1쇄 | 2024년 11월 9일

글 | 남상순
펴낸이 | 박현진
펴낸곳 | (주)풀과바람
주소 | 경기도 파주시 회동길 329(서패동, 파주출판도시)
전화 | 031) 955-9655~6
팩스 | 031) 955-9657
출판등록 | 2000년 4월 24일 제20-328호
블로그 | blog.naver.com/grassandwind
이메일 | grassandwind@hanmail.net

편집 | 이영란
디자인 | 박기준
마케팅 | 이승민

ⓒ 글 남상순, 2024

값 13,000원
ISBN 979-11-7147-092-1 43810

※ 잘못 만들어진 책은 구입처에서 바꾸어 드립니다.

도미노를 입은 소년

남상순 글

풀과바람

차례

사고

누나가 사고를 당했다는 연락을 받은 것은 학원 1교시 수업이 막 끝났을 즈음이었다. 고문 기술자 같은 수학 선생님이 교실을 나가자마자 옆자리 아이와 같이 게임을 시작했고, 막 타워가 깨지기 직전인데 전화가 걸려 왔다.

"뭐야?"

어떤 놈인가 싶어 전화기에 찍힌 번호를 확인하기도 전에 아이들을 둘러보았다. 타워가 깨지기 직전에 전화를 걸어 게임을 망치려면 곁에서 지켜보면서 타이밍을 맞춰야 가능한 일이기 때문이다. 나 역시 친구들에게 자주 했던 장난이었고, 요즘은 그것 역시 게임의 일부처럼 되고 말았다.

아무리 그래도 지도록 만들었으니 용서할 수 없다. 용서하면 안 되는 것 역시 게임에 속하는 일이므로 더더욱 그냥 넘어갈 수 없는 일이었다.

옆자리 아이 중 그럴만한 녀석들은 대부분 책상에 엎드려자고 있었다. 장난 전화를 걸고 난 뒤 자는 척 위장하는 것 같지는 않았다. 그렇다고 창가 쪽에 앉아 전화기를 들여다보고 있는 신정이나 박세인을 의심할 수는 없었다. 나에게 장난을 걸기는커녕 가벼운 대화조차 나눠 본 적이 없는 사이였다.

그제야 휴대 전화에서 번호를 확인했다. 이런 맙소사, 02로 시작되는 일반 전화번호였고 아무래도 아빠 사무실 같다는 느낌이 들었다. 통화 버튼을 눌렀더니 아빠의 하나뿐인 부하 직원이 전화를 받았다.

"학원 끝나자마자 이쪽으로 올래? 네가 해 줘야 할 일이 있어."

그러면서 하는 말이 누나가 사고를 당해 아빠는 병원으로 갔고, 포장해야 할 것들이 잔뜩 밀려 있어 일손이 필요하다는 것이었다.

"사고요? 무슨 사고요?"

"응, 그냥 팔이 살짝 부러졌나 봐. 죽지는 않을 거니까 걱정하지는 말고."

팔이 부러졌는데 걱정하지 말라고? 죽지는 않을 거라고? 장난하느냐며 소리를 지르려는데 아빠의 부하 직원은 이미 전화를 끊은 뒤였다. 며칠 전에 일을 그만두겠다고 말했다더니 우리 가족이나 사무실에서는 영 마음이 떠난 눈치였다. 그동안 온 가족이 누나의 오디션에 몰두하는 바람에 판매할 물건을 확보하지 못해 수입이 줄었지만, 꼬박꼬박 월급을 챙겨 줬었기에 아빠의 배신감은 극에 달했고 노발대발하면서 기회주의자라고까지 비난했다.

아빠는 사람들이 죽기 살기로 가지려는 명품 옷이나 시계 중에서 하자 처리된 물건을 싸게 사서 적당한 가격에 파는 일을 하고 있는데 요즘은 그 분야에 뛰어든 사람이 너무 많아 이렇다 할 재미는 못 보고 있었다. 직원은 포장 일이 잔뜩 밀린 듯이 말했지만, 그런 일이 일어날 턱이 없으니 아마도 자기가 하기 싫은 일을 나에게 떠넘기려는 수작이 분명했다.

'그나저나 팔이 부러졌다고? 누나가?'

안 되겠다 싶어 자세한 진상을 파악하기 위해 엄마에게 전화를 걸었다.

"누나가 자주 가는 화장품 가게 있지? 그 앞에서 사고가 났어."

화장품 가게에서 나와 골목길을 건너려던 순간 교통사고

가 일어났고, 사고 낸 아이는 도망쳐 버렸다고 한다. 병원으로 가서 엑스레이를 찍었더니 왼쪽 팔뚝 뼈에 금이 갔고 한 달가량 깁스해야 한다는 것이다. 엄마의 목소리에 기운이 하나도 없었다. 멍하니 듣고 있다가 전화를 끊었는데도 정신이 돌아오지 않았다.

다음 수업이 시작되었을 때는 귓속에서 이상한 잡음이 들려왔다. 그러다가 뭐가 그렇게 마음을 어지럽히는지 알아냈다. 킥보드였다. 엄마는 분명히 누나가 킥보드와 충돌했다고 했고, 그것은 뾰족한 얼음덩어리가 되어 내 마음의 깊은 밑바닥으로 떨어졌다.

두어 달 전부터 모르는 아이가 나를 찾는다는 소문을 들었다. 아이는 진갈색 도미노를 입은 채 전동 킥보드를 타고 나타나 제가 궁금한 몇 마디를 물어본 뒤 앞뒤 설명도 없이 사라져 버렸다고 한다. 키가 꽤 컸고 덩치가 있었으나 몇 학년쯤 되는지, 얼굴이 어떻게 생겼는지는 기억나지 않는다고 했다. 도미노 모자가 얼굴을 가리고 있어 제대로 살펴볼 수 없었던 탓도 있었지만, 막대 사탕을 문 채 고개를 옆으로 살짝 틀고 다른 곳을 쳐다보며 말을 거는 바람에 긴가민가했었다는 게 말을 전한 수찬이의 설명이었다. 이슬비가 부슬거리며 내리는 토요일 아침이었고, 친구들과 만나기 위해 뚝섬역

1번 출입구를 수찬이 혼자 서성거리고 있을 때였다.

미심쩍은 게 한둘이 아녔다.

"그 자식이 찾는 사람이 나라는 걸 어떻게 알아?"

그러자 수찬이는 매우 찜찜한 표정을 지었다.

"영산 고등학교 1학년 장도진이라는 이름을 정확히 말했어."

그게 다가 아니었다. "장도진은 화성 빌라에 살고 누나는 소망 음악 학원에 다니는 거 맞죠?"라고 물었다는 대목에서는 소스라치지 않을 수 없었다. 소망 음악 학원은 말을 전한 수찬이도 잘 모르는 이름이어서 "소망 음악 학원이라고 하던데, 맞아?"라며 나에게 여러 차례 확인했을 정도였다.

누나가 가수 지망생이라는 것은 동네에서 모르는 사람이 없을 정도가 되었지만, 멀리 다른 동네에 있는 학원 이름까지 안다는 것은 의아한 일이었다. 그것은 남에게 말할 필요가 없는 것이었고, 샘이 많은 엄마나 누나로서는 세상에 널리 알리고 싶은 것이 아니라 혼자 독점하고 싶은 비밀에 속한다.

소망 음악 학원에 들어가기 전까지 누나의 노래 실력은 그저 집안에서 최고인 정도였으나 거기서 전문가에게 발성 훈련을 받고 우리 동네 공원에서 치른, 전국 단위의 대규모 음악 경연 대회에서 우수상을 탄 이후 학교가 인정하고 지역

사회가 알아주는 인물이 되었다. 엄마는 집안에 서광이 비치기 시작해서 이 지긋지긋한 지하방을 빠져나갈 날도 머지않았다며 한층 고무되어 있었다. 얼마 전까지만 해도 지하방마저 빼야 할는지 모른다는 이야기가 오갔기에 내 입장도 다를 수 없었다.

열일곱이 되도록 별 볼 일 없는 사고뭉치였던 내가 학교 선생님들조차 살살 웃으면서 "장은진이 너희 누나라며?"라고 먼저 말을 거는 유명인이 된 것이다. 점심시간에 복도를 지나갈 때마다 뜨거워지는 여자아이들의 시선도 나쁘지 않았다. 모두 장도진의 얼굴이 장은진과 닮았는지 아닌지를 확인하려고 온 얼빠진 새내기 후배들이었다. 누나는 오래전부터 집안을 일으킬 비밀 카드였고 이제 겨우 이름과 노래 실력을 세상에 드러낸 참이었다.

그런데 이름도 모르는 어떤 새끼가 누나와 누나가 다니는 음악 학원을 언급했다고? 우리 가족이 사는 빌라 이름도 넌지시 흘리고? 그것만으로도 속이 부글거리고 비위가 상했는데 이제는 사고까지 당했다. 킥보드를 타고 나타난 아이와 충돌해 팔이 부러졌으니 오디션 프로그램에 나가 입상하겠다는 누나의 꿈에 빨간 경고등이 들어온 것이다.

'이 모든 일이 정말 우연히 벌어진 일일까.'

나는 수찬이에게 전화를 걸어 누나의 교통사고 소식을 전하면서 뭔가 구리지 않냐고 운을 뗐으나, 지난번과 비슷한 반응이 돌아왔다.

"넌 매사가 너무 부정적이야."

"내가 뭘?"

"도미노를 입은 새끼 역시 장은진이 궁금한 아이 중 한 명일 수도 있는 거잖아. 팬으로 입덕하기는 했으나 도가 지나친 새끼들이 세상에 얼마나 많은데."

　지난번에 수찬이는 도미노가 장은진의 노래 실력이 부러워 소망 음악 학원에 들어가려고 정보를 수집하는 중일 거라고 했다.

　정말 그럴까? 고민하며 갈팡질팡하는 사이에 뺑소니 사고까지 당했는데 느긋하게 구경하는 자세만 취하다니. 특히 "사고를 낸 애가 도미노를 입은 것도 아니라며?" 말할 때는 수찬이가 너무 얄밉고 한심했다. 요즘처럼 달아오르는 날씨에 어떤 미친 아이가 도미노를 입고 돌아다닌단 말인가.

　수찬이가 위로하듯 말했다.

"긍정적으로 생각해. 그게 정신 건강에 좋아."

"정신 건강은 됐고. 너한테 뭐 다른 말을 했던 기억은 없어? 또 뭘 물어봤는지 잘 생각해 봐."

"그게 다야."

수찬이는 딱 잘라 말하고는 전화를 끊었다. 왠지 모르게 아쉬워지는 마음에 문자라도 보내려고 모바일 메신저를 열었다가 괜히 기분만 상했다. 수찬이의 프로필이며 배경 사진에 온통 아이어스 사진이 올라가 있었다. 세계적 가수인 아이어스와 누나를 비교할 생각은 추호도 없고 그래 봐야 소용없는 일이라는 것을 알지만, 평소 음악에는 전혀 관심이 없던 수찬이가 아이어스의 명성을 이용해 은진 누나를 폄하하고, 내 기분까지 찍어 누르려 할 때는 속에서 불이 올라왔다. 수찬이는 트로트는 저질 음악이고 아이어스가 하는 것이 진정한 예술이라고 하는 말을 내 앞에서 몇 번이나 반복했는지 모른다. 다음 수업이 시작되어 하는 수 없이 자리로 돌아가 앉았으나 머리는 온통 뒤죽박죽이었다.

우리 집 황금마차

아빠 사무실에는 오지 않아도 된다고 해서 병원으로 가려고 전화를 걸었더니 진료를 마친 누나는 이미 집에 있었다. 학원 버스에서 내리자마자 부리나케 집으로 달려갔다.

빌라 가까이에 이르자 엄마와 누나의 말다툼 소리가 바깥까지 새어 나왔다. 특히 누나의 갈라지는 목청에 가슴이 덜컥 내려앉았다. 성대가 찢어지고도 남을 옥타브였다.

현관문을 열었더니 주방의 희미한 형광등 불빛 아래에서 설거지하는 엄마의 모습이 보였고, 누나는 다친 팔을 식탁에 내려놓은 채 찡찡거리고 있었다.

누나 입에서 짜증이 섞여 나왔다.

"가려워 죽겠단 말이야!"

가방을 내려놓으며 기적을 내자 엄마가 나를 돌아보면서 반가운 표정을 지었다. 아흐레 동안 물 한 모금 못 먹고 사막을 걷다가 오아시스를 만나면 딱 그런 표정이 나오지 않을까. 누나한테 얼마나 시달렸으면 나를 다 반가워할까.

문제는 그런데도 그 누구도 누나를 나무랄 수 없다는 것이다. 누나 기분에 역행하는 말을 해서도 안 된다. 누나로 인해 우리 집은 피어나고 앞으로는 돈 걱정 없이 살게 될 테니. 2000하고도 무려 24년에 휴대 전화를 빌어먹을 아이폰6으로 사용해야 하는 수모를 끝내고 싶다. 그것 때문에 게임도 많이 제한되고 가끔은 전화가 안 걸리고 수신도 이상하다. 누나 통장에 돈이 입금만 되면 내게 최신형 휴대 전화를 사 주겠다는 약속은 이미 받아 두었다. 누나는 우리 집의 보물이고 성역이며 조금 까다롭기는 해도 우리 가족을 멋진 미래로 실어다 줄 황금마차이다. 엄마 아빠는 이미 그 위에 올라탔고, 나 역시 굽실거리며 제발 태워만 달라고 애원하는 중이다. 엄마가 고무장갑을 집어 던지며 식탁으로 나를 불렀다.

"세상에 네 누나 좀 봐라. 방금 병원에서 붕대 감고 왔는데 벌써 가렵다고 난리니 어떡하면 좋니?"

엄마가 나를 향해 호소하자 누나의 반박이 이어졌다.

"붕대 감은 지 벌써 세 시간이나 지났어. 얼마나 가려운지 알아? 내가 예민한 건 엄마도 잘 알잖아."

말싸움은 진정될 기미를 보이지 않았다.

"잠깐! 잠깐만!"

나는 황급히 두 사람 사이로 끼어들었다.

"그러니까 깁스하지 않고 붕대만 감았다는 거야? 어휴, 정말 다행이다. 누나 이제 살았네. 정말 잘됐다."

나는 기쁨에 넘쳐 누나의 양어깨를 잡고 흔들어댔다. 처음에는 잘됐다는 소리에 질려 한 대 칠 것 같았으나 생각해 보니 그렇다는 듯 누나의 표정이 점점 살아나기 시작했다. 장도진 효과인 것이다. 사소한 것에 매여 정신없이 싸우는 두 사람에게 나는 언제나 포인트가 무엇인지 정확히 짚어 준다. 사실 깁스와 붕대의 차이는 사소하지 않았다. 붕대는 무대에 올라갈 때 잠깐 풀어도 되겠지만 깁스는 아니다. 다친 게 어느 정도인지를 짐작하게 만드는 것을 넘어 무대에 올랐을 때의 느낌도 다르다.

깁스하고 팔을 절반가량 접은 뒤 쟁쟁한 심사 위원들 앞에서 노래 부르는 가수 지망생을 상상해 보라. 보는 것만으로도 머리가 지끈거리고 가슴이 울렁댄다. 심사 위원들은 즉각 자기 관리도 못 하는 후보라며 감점 카드를 꺼내 들지 않을까. 불행 중 다행인 일 앞에서 가렵다고 난리를 치면서 엄마만 괴롭히고 있으니 누나가 아직 철이 들지 않은 것은 명백한 사실이다. 대한민국을 쥐고 흔들 가수가 되려면 우선은 마인드 컨트롤부터 할 수 있어야 하는데 말이다. 나는 그 점을 강조했고 기사회생이라는 단어까지 써가면서 지금 상황이 나쁘지 않음을 설명했다. 간신히 살아났으니, 우선은 안도의 한숨을 크게 내쉬어 보라며 큰소리쳤다.

"그게 바로 여유 아니겠어?"

"역시, 우리 도진이."

엄마가 엄지척을 해 보였다. 슬그머니 다가와 등을 쳐 주기도 했다. 엄마의 손길에서 나는 '네가 우리 집 대장이다. 누가 뭐래도 믿음직스러워.'라는 의미를 읽었다. 이를테면 누나는 우리 집 황금마차이고 나는 황금마차를 안전하게 몰아야 할 운전자이다. 오케스트라의 운명을 좌우하는 지휘자라고 볼 수도 있다. 표정이 한결 가라앉은 것으로 보아 누나도 그것을 수긍하는 것 같았다.

"어디 봐."

나는 다친 곳을 확인하고 싶어 누나의 팔을 살펴본 다음 고정 테이프를 살살 떼고 붕대를 풀었다. 피가 조금 배어 나오긴 했어도 큰 상처가 난 것 같지는 않았다. 가벼운 타박상이지만, 뼈에 금이 간 것은 사실이라고 했다. 실금이어서 깁스할 필요는 없지만, 한동안 팔을 무리하게 사용해선 안 된다고 의사가 조언했다고 한다.

"얼마나 다행이야. 조심하기만 하면 되잖아. 무대 올라갈 때는 잠깐 붕대를 풀면 되고."

누나는 벌써 긁기에 여념이 없었다. 실제로 붕대 감은 자리에는 두드러기가 오돌오돌 올라오고 있었다. 항상 엄살이 심해 사람을 짜증 나게 만들지만 누나가 다른 사람보다 예민한 것은 사실이다. 피부와 얼굴뿐 아니라 먹는 것 가지고도 지나친 증상을 보일 때가 있는데 공교롭게도 대부분 두드러기 반응으로 나타난다. 심지어는 스트레스를 받아도 두드러기가 난다. 우리가 초등학생이었을 때 아빠의 사업이 망하는 바람에 살던 집에서 쫓겨나던 날에는 머리부터 발끝까지 두드러기가 났고 호흡이 가빠져 병원으로 실려 가서 입원 치료를 받았다. 그때부터 누나가 앞뒤 없이 찡찡거려도 쉽게 건드리지 못한다. 한마디로 황금마차는 틀림없는데 매우 예민하고 섬세한 황금마차여서 함부로 다루면 곤란한 일이 생긴다. 이토록 연약한 누나에게 뼈에 금이 가는 해코지를 가한 인간은 과연 누구인가. 나는 울컥거리는 심정을 겨우 누르며 말했다.

"피 안 나게 살살 긁어."

손톱을 사용하지는 말라고 했다. 가볍게 긁은 뒤 붕대를 다시 감고 삼각 띠로 팔을 고정한다면 문제 될 것이 없었다. 엄마는 냉찜질이 좋겠다면서 얼음을 가지고 왔다.

"아우 시원하다."

기분이 풀린 누나는 긁기를 멈추고 하품하기 시작했다. 10분쯤 지나면 다리를 뻗고 누울 것 같았기에 나는 사고 당시의 정황에 대해 다시 한번 자세히 말해 달라고 부탁했다.

"어떤 새끼가 킥보드를 타고 뒤에서 날 들이받았어."

"일부러?"

"그런 것 같아."

오후 5시쯤이었고 늘 그렇듯이 도로에는 사람이 많았다고 한다. 특히 그 시간이면 누나 같은 여고생들이 그 매장 안으로 대거 몰려가 화장품을 이것저것 발라보고 찍어보고 하면서 웃고 떠들어대는 것을 바깥 유리창으로 얼마든지 확인할 수 있다. 여자애들이 들락거리는 것만으로도 골목은 꽤 흥청거리고 활기를 띠었다. 화장품 가게는 큰 사거리 모퉁이에 있었고, 사고가 난 곳은 차도가 아니라 인도였기에 의도적으로 들이받은 게 분명하다는 것이 누나의 판단이었다. 경찰한테도 그 점을 강조해 말했다고 한다. 그나마 큰 사고로 커지지 않은 이유는 킥보드가 누나가 멘 백팩으로 달려드는 순간 옆에 있던 친구가 누나 몸을 살짝 잡아당겼고 이후 두 사람 모두 가까이 있던 전봇대로 넘어지는 바람에 팔뚝 뼈에 실금이 가는 정도에서 그칠 수 있었다고 한다.

"그럼 킥보드가 아니라 전봇대에 부딪쳐서 다친 거네?"

"그런 셈이지."

"킥보드 탄 그 자식 얼굴은 봤어?"

"아니."

"왜?"

"도미노 모자를 써서 볼 수가 없었어."

"헐."

나는 소스라쳤다. 도미노라니, 정말 듣고 싶지 않은 말이었다. 엄마한테 전화를 걸었을 때는 그런 말이 전혀 없었기에 더욱 놀랐다. 그 뺑소니 자식이 도미노를 입었다는 말을 왜 이제야 하느냐고 화를 냈더니 엄마는 도미노 옷이 뭔지 몰랐다고 했다. 모자가 달린 옷이라고 했더니 엄마의 반응이 시큰둥했다.

"그거 후드 티 아니니?"

그러고는 눈을 끔뻑거렸다.

"도미노와 후드 티는 달라, 엄마. 후드 티는 말 그대로 티셔츠고, 도미노는 두건이 붙은 외투야."

"그럼 그렇다고 진즉 말하지."

"아, 진짜."

덕분에 누나와 엄마가 다시 옥신각신하기 시작했고, 나는 또다시 포인트를 잡아 주어야 했다. 중요한 건 도미노 옷이 어떤 것이냐가 아니라 도미노를 입고 일부러 사고를 낸 놈을 찾아야 한다고 말이다. 우리 가족은 한마음이 되어 도미노 소년을 성토했다. 누구인 것 같은지 추측도 해봤으나 뾰족한 이야기는 나오지 않았다. 거리에 나서면 온통 위험한 것투성이고, 특히 소년들의 킥보드는 흉기나 다름없다는, 하나 마나 한 소리가 엄마 입에서 한참 계속되었다.

"난 이제 저녁을 준비해야겠다."

엄마가 일어나 싱크대로 갔다. 나는 화장실로 들어가 충격받은 마음을 진정시키는 시간을 가졌다. 찬물로 얼굴을 씻으며 거울 속 소년을 향해 일침을 가했다.

'너는 이제 말썽이나 피우고 돌아다니는 철부지가 아니야. 황금마차를 이끄는 영예로운 마부라고. 정신 바싹 차려. 그리고 잘 생각해 봐. 누가 우리 가족을 해코지하려고 하는지. 어떻게 해야 황금마차가 탈 없이 목적지에 도착할 수 있을지.'

거울 속 소년의 눈에서 불꽃이 튀었다.

'도미노 새끼. 반드시 잡고야 만다.'

그렇게 결심하고 나서 나는 화장실을 나왔다. 엄마는 저녁을 차리는 중이었고 누나는 방으로 들어갔는지 보이지 않았다.

누구냐, 너?

다음 날, 도미노 소년을 만나기 위해 킥보드를 타고 아차산역과 군자역 주변을 두루 돌아다녔다. 웬 킥보드냐고? 눈에는 눈, 이에는 이다. 초등학교 다닐 때 타던 킥보드가 집에 있었지만, 전철역에서 공용 킥보드를 대여해 사용했다. 뚝섬역에도 가 볼까 했으나 멀어서 다음으로 미루었다. 뚝섬역에서 놈과 부딪힌 것은 수찬이 혼자였지만 다른 아이들은 대부분 아차산역과 군자역 인근에서 놀다가 놈을 만났다.

아차산역 2번 출구인 어린이 대공원 후문에서는 20분이 넘도록 빙빙 돌면서 기다렸으나, 도미노를 입은 소년은커녕 킥보드를 타는 사람조차 눈에 띄지 않았다. 할 수 없이 포기하고 집으로 돌아가려고 할 때였다. 우리 반에서 거의 대화를 나눠 본 적 없는, 앞자리 아이 진규가 불현듯 전화를 걸어왔다. 내 번호를 몰라 물어물어 알아냈다면서 전한 이야기는 충격적이었다.

"나 지금 광나루역 근처 아파트 단지 안에 있는 영어 학원인데, 모르는 아이가 너한테 만나고 싶다는 말 좀 전해 달라면서 말을 걸었어. 우리 학교 애는 아니야."

"언제?"

"방금."

혹시 도미노를 입었느냐고 했더니 그렇다고 했다. 그 애가 어디로 가더냐고 물었더니 광나루역 쪽으로 가는 것 같다는 게 아닌가.

나는 미친 듯이 광나루역을 향해 바퀴를 굴렸다. 광나루역과 아차산역 사이는 커다란 언덕, 아차산 고개로 이루어져 있었기에 숨을 헐떡이면서 간신히 도착했고 역사 안이며 바깥, 심지어는 화장실과 인근 패스트푸드 가게까지 뒤졌으나 도미노는커녕 혼자 있는 남자아이도 없었다.

나는 진규한테 언제 어디서 만나자는 말은 없었냐고 문자를 보냈다.

그런데 속 터져 죽는 줄 알았다. 수업 중인 건지 한참이 지나서야 답이 왔기 때문이다.

> **없었어. 그냥 만나자는 말만 전해 달래.**

나는 뭐 그런 새끼가 다 있냐? 라며 문자를 보내려다 전송 버튼을 누르지는 않았다. 진규한테 속마음을 털어놓는 게 무척 어색했다. 같은 반이라도 감정을 털어놓을 수 있는 친구가 있고 그렇지 않은 친구가 있었다. 사실은 진규가 놈의 말을 전하려고 물어물어 나에게 전화해 준 것 자체가 무척 고마운 일에 속한다. 하는 수 없이 다시 수찬이에게 전화를 걸어 방금 있었던 일을 자세히 전했다. 수찬이가 도미노 자식을 함께 성토하기만 해 줘도 조금은 위로가 될 것 같았다. 그런데 내 막을 듣자마자 수찬이가 한 말은 이랬다.

"드디어 5반까지 간 거냐?"

"무슨 소리야?"

"그 자식이 도미노를 입고 나타나 네 이야기를 전한 아이들 말이야. 1반부터 오늘 5반까지 완전히 순서대로잖아."

"뭐?"

순간적으로 온몸에 소름이 돋았다. 그러고 보니 그랬다. 누가 날 찾는다는 말을 가장 먼저 전한 아이는 1반의 민재였고, 그다음이 2반 아이, 세 번째가 3반인 수찬이, 네 번째는

4반 아이, 다섯 번째가 5반이자 우리 반인 진규였다. 수찬이만 빼면 나와는 잘 모르거나 전혀 모르는 우리 학교 학생이었다.

그 사실은 누나를 등 뒤에서 들이받으려 했다는 것만큼이나 끔찍하고 소름 끼쳤다. 나와 우리 가족을 해코지하려는 의도를 넘어 겁을 주면서 조롱하는 것 같았기 때문이다.

'뭐지? 도대체 누구지?'

나는 불안감이 극에 달한 상태에서 집으로 돌아왔다.

엄마가 말했다.

"누나는 다음 경연을 위해 숙소로 들어갔어."

이미 알고 있던 사실이지만 공연히 반갑고 안심이 되었다. 방금 느낀 불안감도 조금 수그러들었다. 숙소에 있다면 외출이 제한될 것이고 그만큼 위험에 노출될 가능성도 줄어든다. 누나만 안전해도 그게 어디인가.

나는 누나에게 문자를 보내 앞으로도 황금마차를 잘 운전해 보겠다는 의지를 피력했다. 바로 답이 왔다.

> 운전자는 필요 없어. 방송국에서 다 알아서 하는데 뭘. 넌 그냥 네 앞가림이나 잘했으면 해. 그게 나를 돕는 거야.

좀 머쓱했지만 틀린 말은 아니어서 휴대 전화를 방에 두고 거실로 나갔다.

나는 막 샤워를 끝내고 식탁으로 다가오는 아빠에게 물었다.

"경찰은 뭐래? 단서는 찾았대?"

"CCTV로 확인은 했는데 도미노를 입어서 개인을 특정하기가 어렵다고 하네."

아빠 역시 미심쩍어하는 표정이었고 공연히 신경이 쓰여 오늘도 경찰서에 들렀다 오는 길이라고 했다. 나는 방금 겪은 일을 말하지 않을 수 없었다. 그동안 혼자 속을 끓였지만, 이제는 말할 때가 되었다고 느꼈다. 마침 누나가 숙소에 들어갔기에 비교적 편하게 말할 수 있었다. 도미노 소년이 우리 학교 학생 5명에게 접근해 나에 관해 언급했다는 이야기를 전하자 엄마는 대번에 흥분했다.

"너희 학교 1반부터 5반 아이한테 차례대로 접근했다는 거니? 왜?"

"나도 모르지."

"뭐 짚이는 건 없고?"

"없어. 내가 그럴 게 뭐가 있겠어?"

"하긴. 도진이 너야 서글서글하고 교우 관계 좋고 사람 기분도 맞출 줄 알고. 뭐 하나 흠잡을 데가 없는 아이지. 역시 누나의 유명세 때문인 건가?"

엄마가 나를 칭찬하면서 등을 두드려 주었지만, 황금마차를 운전해야 하는 내 처지에서는 기분이 단번에 나아지지는 않았다. 하필이면 왜 우리 학교 아이들인가 싶은 생각이 머리를 떠나지 않았다.

아빠가 된장찌개를 숟가락으로 저으며 말했다.

"너무 걱정할 건 없어. 질투 아니면 부러움 때문일 거야. 우리 은진이가 좀 예쁘니? 거기다 노래도 잘하고 이제는 유명해졌지. 그런 누나를 둔 네가 부러워서 그런 게 아닐까 싶어. 사고는 그것과는 상관없이 일어난 일일 테고."

"정말 그럴까?"

"틀림없어."

"유명세라는 거, 요즘은 그것도 다 겪어야 하는 모양이더라. 다 겪고 이겨냈을 때 진정한 스타가 탄생하는 거야."

엄마가 확신에 찬 어조로 맞장구쳤다. 누나를 학교에서 직접 데려왔어야 한다는 말도 잊지 않았다.

"티브이에 나온 애가 동네 화장품 가게나 얼씬거리다니, 그것부터가 잘못된 일이야. 우리가 부주의했어."

그날 엄마는 아빠 사무실에서 팔 물건을 확보하기 위해 이모까지 동원해 시내 유명 백화점 오픈런부터 경기도에 있는 창고 떨이까지 쫓아다니느라 2500원짜리 김밥으로 끼니

를 때워가며 눈이 뻑뻑하도록 운전하다가 누나의 사고 소식
을 들었다고 한다. 말 그대로 혼이 쏙 빠질 수밖에 없는 날이
었다. 한때 유명한 트로트 가수를 좋아했던 엄마는 이런저
런 경험을 들려주었다. 팬클럽이라는 것도 알고 보면 살벌한
세상에서 그 가수를 지켜 주기 위해 사람들이 뭉치는 거라고
했다. 엄마가 팬클럽 활동을 하지 못한 이유는 순전히 벌어
먹고사느라 시간이 없었기 때문이다.

"은진이는 이제 겨우 고2인데 흠 잡힐 게 뭐가 있겠어. 성
격 예민한 것만 빼면 그동안 문제 일으킨 적도 없고."

"성적도 중간은 가잖아."

걱정스러운 분위기로 시작했지만, 엄마 아빠의 대화는 점
점 흐뭇한 분위기로 변해 가고 있었다. 그리고 마지막에는 이
런 다짐을 주고받았다.

"그래도 조심하자."

"그럴수록 조심하자."

그러면서 동시에 나를 보았다. 너만 잘하면 된다는 눈빛 같
아 반발심이 일었지만, 티를 내기는 힘들었다. 엄마는 신인
가수나 연예인에게 달리는 악성 댓글 대부분이 한 다리 건너
가까운 사람을 통해서 흘러나온다는 것을 특히 명심하라고
했다. 남 잘되는 꼴 못 보는 것이 한국 사람들이라는 말을 한

것은 아빠였다. 그저 조심하고 또 조심하는 것 말고는 달리 방법이 없다는 말에 나도 모르게 고개를 끄덕였다.

"우리 너무 자랑하고 잘난 척하고, 그런 거 하지 말자. 그냥 우리 은진이 잘되게 해 달라고 기도나 열심히 하자."

엄마는 잠시 숟가락을 내려놓고 합장하는 자세를 취했고 그런 엄마에게 동화된 아빠는 다리를 오므리며 고쳐 앉았다. 우리 가족이라서 하는 이야기가 아니라 다들 너무 착하고 선량한 사람들이다. 돈 없고 무능하다는 것만 빼면 흠잡을 데 없는데. 나 역시 누나가 우승할 수 있도록 열심히 기도하며 힘을 보탤 것이다. 뭉클한 기분을 누르며 열심히 밥을 먹었다. 어쩌면 잘될 것 같은 느낌이 들었다. 킥보드 사고는 일종의 액땜일 수도 있었다.

쪽지

모처럼 평온한 마음으로 수업을 마치고 일찍 귀가하기 위해 학교 앞 버스 정류장에 서 있을 때였다.

"야, 장도진."

길 건너편에서 부르는 소리가 들려 돌아봤더니 미진이었다. 2년 전인 중2 때 잠깐 사귄 적이 있었고, 지금도 학교에서 '놀자'라는 음악 동아리에 함께 가입해 활동하며 그럭저럭 괜찮게 지내는 중이다. 여자애들보다 남자애들과 잘 지내는 것은 미진이가 가진, 이해 못 할 특징이라면 특징이었다.

"저길 봐."

미진이가 소리치며 급한 몸짓으로 사거리 어느 쪽을 가리켰다. 불이라도 났나, 봤더니 별다른 낌새는 없었고 눈에 띄는 거라고는 여자아이들이 시험 기간에 주야장천 틀어박히는 스터디 카페 간판 정도였다. 잠시 뒤 미진이가 내가 서 있는 곳으로 건너왔다.

"봤어?"

"뭘?"

"어떤 애."

"응?"

"어디 가면 널 만날 수 있느냐고 물어서 아마 학교 안에 있을 거라고 말했지. 그런데 돌아봤더니 네가 버스 정류장에 서 있는 거야. 그 애한테 전하려고 했지만 이미 가 버리고 없었어."

그러면서 나에게 쪽지 하나를 내밀었다. 그 애가 나에게 전해 달라고 부탁했다는 것이다. 나는 쪽지를 펴보지도 않은 채 단도직입적으로 물었다.

"혹시 킥보드 탔어? 도미노를 입었고?"

"맞아. 너도 봤어?"

말이 나오지 않았다. 입이 얼어붙은 것 같았다. 놈이 사라졌다는 방향을 뚫어지라 쳐다보았지만, 도미노를 입은 아이는 보이지 않았다. 할 수 없이 딱지처럼 접은 쪽지를 폈는데 글씨체가 왠지 모르게 유치했다. 이 정도의 필체라면 공부는 커녕 학교와도 담을 쌓고 살아야 하는 게 아닐까.

제가 킥보드 사고를 내 장은진 누나를 다치게 했습니다. 사과드리고 싶습니다. 내일 오후 5시 30분에 화성 빌라 102호로 찾아가겠습니다. 무엇보다 두 분 부모님을 꼭 뵙고 사과드리려 합니다.

도미노 소년 올림.

"헉!" 눈알이며 심장 그리고 콩팥까지 튀어나올 것 같았다. 필체와는 달리 맞춤법과 띄어쓰기는 정확했고, 말투 역시 협박이나 공갈과는 거리가 멀었다. 특히 납작 엎드린 자세로 사과하겠다고 하는 데에는 혀를 내두르지 않을 수 없었다. 그것은 지금까지 도미노 소년이 보여 주었던 태도와는 달라 보였고 어딘지 모르게 꾸며낸 느낌이 강했다.

안도감이 들기보다 불안이 증폭되는 이유는 또 있었다. 미진이는 우리 학교 1학년의 마지막 학급인 6반이었다. 수찬이 말대로 1반부터 6반까지의 아이들에게 차례대로 접근했고, 6반인 미진이가 전한 소식은 도미노 소년이 집으로 찾아오겠다는, 그야말로 최종 버전이었다.

"하아!" 내 입에서 허탈한 웃음소리가 터져 나왔다. 도대체 우리 학교 학생들을 1반부터 6반까지 배열해 놓고 접근하는 방법을 순서대로 정하려면 얼마나 많은 시간과 품을 팔아야 하는 걸까. 우리 학교 교문에서 그 누구도 아닌 6반의 양미진을 알아보려면 하교 시간은 물론 얼굴 생김새까지 파악하고 있어야 가능한 일이다. 팔뚝에서 소름 올라오는 감각이 고스란히 느껴졌다. 으스스한 기분이었다. 그동안 뉴스나 기사에 나와 사회를 떠들썩하게 만들었던 스토킹 사건이 떠올랐다. 남의 이야기였던 그것들이 이제는 나의 문제로 다가왔고 발등의 불이 되었다. 영문을 알 리 없는 미진이는 버스에 타자마자 뭐냐고 자꾸 캐물었다.

"무슨 일이야?"

내가 숨까지 캑캑거리자, 미진이가 같이 불안해하며 주위를 둘러보았다. 하지만 내 이야기를 대충 듣고 난 미진이는 대번에 에이, 하면서 손을 내저었다. 나에게 스릴러 영화를 너무 많이 봤다는 것이다.

"그냥 사과를 빙자해서 너희 집을 찾아오겠다는 거야. 장은진네 집 한번 구경하자는 거지. 야, 절대 집 안으로 들이면 안 돼. 특히 너희 누나 방은 구경시키자마자 바로 사진이나 동영상으로 찍어 SNS에 올릴 거야. 틀림없어."

"SNS?"

"아니면 뭐겠냐?"

사건 당사자와 구경하는 사람의 심리는 달라도 너무 달랐다. 어떻게 그런 해석이 나올까. 나는 전혀 공감이 가지 않았으나 미진이는 확신하는 눈치였다.

"어쩌면 인터넷으로 생방송을 하겠다고 이미 공지했는지도 몰라."

"생방송?"

"여러분 지금부터 가수 장은진의 방을 보여 드리겠습니다. 기대하시라. 짠!"

"설마."

"아니면 내가 손을 지진다."

그러면서 친한 척 다가와 아예 나의 팔짱을 꼈다. 자기 말을 믿으라고 할 때는 잠깐 그런가, 하고 넘어갈 뻔했으나 아무리 생각해도 아닌 것 같았다. 우리 가족이 낯선 사람에게 누나 방을 보여 줄 리도 없지만, 무엇보다 도미노 소년은 사고를 낸 당사자이고 뺑소니범이다. 아무리 막돼먹은 세상이라고 하더라도 뺑소니범을 비난하는 게 아니라 열광할까. 더구나 예비 인기 가수 장은진을 치고 달아난 뺑소니범이다. 그런 생각을 말했는데도 미진이는 극구 우겼다. 나더러 뭘 몰라도 너무 모른다며 몰아붙일 때는 귀찮다는 생각마저 들었다.

"나, 간다."

버스에서 내려 도망치듯 집을 향해 뛰어가는데 버스 창문으로 얼굴을 내밀고 미진이가 소리쳤다.

"무슨 일 생기면 바로 문자 해. 내가 달려갈게."

집을 향해 걸어가면서 과대망상 미진이의 성격 때문에 잠깐 웃었다. 미진이의 장래 희망은 뮤지컬 감독이었다. 내가 뮤지컬 분야에 접근할 수 있을까. 어떻게 해야 뮤지컬 감독이 될 수 있나. 미진이는 그런 식으로 사고하는 유형이 아니었다. 장래 자신이 뮤지컬 감독이 되어 있다는 전제를 두고 모든 것을 꿰맞추어 생각했다. 우리 학교 음악 동아리 놀자의 보배인 정대는 남자답게 잘생긴 아이인데 아이들은 넌 반드시 영화배우가 되어야 한다고 부추겼다. 하지만 당사자인 정대가 공부도 싫고 숫기도 없는 내가 감히 영화배우는 무슨, 하면서 몸을 빼면 미진이가 나서 이렇게 말하곤 했다.

"야, 대충 노래 연습이나 해 둬. 내가 나중에 뮤지컬 감독 되면 너 캐스팅할 테니까. 걱정하지 마."

미진이 표정이 어찌나 진지한지 웃지도 못했다. 그뿐이 아니었다. 동아리 담당 선생님이 점수가 낮은 실용 음악과라도 가려면 열심히 내신을 쌓아야 한다고 조언하면 에이, 하면서 손사래부터 쳤다.

"선생님, 저는 학교 성적 안 보고 실기시험만 치면 되는 학교에 갈 거예요. 솔직히 실용 음악에 관해 저보다 더 잘 아는 고교생이 또 있을까요?"

그건 미진이 자신이 실용 음악에 관한 한 대한민국 고등학생 중 1등이라는 소리로 들렸다. 선생님이 기막혀하면서 네가 노래를 제대로 하니 작곡을 할 줄 아니, 라며 현실을 직시하라고 충고해도 미진이는 귀담아듣지 않고 자기 생각을 고수했다. 선생님은 제발 합격 조건에 관해 검색이라도 해 보라고 애원했지만, 그러거나 말거나 미진이는 당당하게 자기 갈 길을 가겠다며 큰소리쳤다.

그런 미진이고 보니 아니면 손을 지진다는 말도 믿을 수가 없었다. 미진이 말대로 이 사태가 단지 유명세에서 비롯된 것이라고 하더라도 미심쩍음을 완전히 떨치기는 어려웠다. 아이들을 1반에서 6반까지 차례대로 배열해 놓고 뭔가를 궁리한다는 것은 도저히 이해할 수 없는 일이었다. 무섭고 꺼림칙했다.

전화를 걸었더니 엄마 아빠는 모두 사무실에서 포장 중이라고 했다. 직원이 생각보다 일찍 그만두는 바람에 물건을 확보하랴, 주문을 받으랴, 포장해서 우체국 다녀오랴 정신이 없

다고 했다. 모르는 아이가 보냈다는 쪽지에 관해 털어놓자,
아빠는 사무실로 가져와 보라고 했다.

"이거예요."

쪽지를 단숨에 읽고 난 아빠는 이렇게 말했다.

"걱정할 일이 아닌 것 같다."

"왜요?"

"우선은 편지의 목소리가 너무 공손하고 글씨체를 보니 너
보다 한참 어린애 같아. 중학생이거나 초등학생일 수도 있겠
어. 글씨체가 그렇잖아."

"설마요."

엄마 역시 말도 안 되는 이야기라며 손사래를 쳤다. 영산
고등학교 1학년 장도진을 찾아다닌 아이가 초등학생일 리 있
겠느냐는 것이다. 1반부터 6반 아이들 한 사람씩을 차례대로
만나고 다닌 것이 우연일 수는 없을 것 같다고 했다. 특히 그
렇게 노력할 시간이었다면 이미 장도진을 직접 만나고도 남
았을 거라는 말은 무척 일리 있게 들렸다.

보상금

다음 날 오후, 엄마와 나 둘이 도미노 소년을 기다렸다. 아빠는 가게 때문에 도저히 시간을 뺄 수 없기도 했지만, 이렇게 스스로 반성하고 사과하겠다는 아이라면 엄마도 충분히 감당할 수 있을 거라며 빠졌다. 경찰에 알릴지는 만나고 난 뒤 결정하기로 했다.

정확히 오후 5시 30분이 되었을 때, 초인종이 울려서 엄마가 문을 열었다.

"어서 와."

소년은 보라색 낡은 티셔츠에 청바지 차림이었고 덥수룩한 앞머리가 눈에 띄었다. 수찬이에게 들었던 것처럼 키가 크고 덩치도 있었다. 그러나 왠지 모르게 물렁물렁한 느낌이었는데 그것이 무엇을 의미하는지 나는 쉽게 알아차리지 못했지만 엄마는 대번에 간파했다.

소년을 안으로 들이면서 엄마가 물었다.

"초등학생이구나. 그렇지?"

"네. 동우 초등학교 6학년 1반 김찬영이라고 합니다."

찬영이가 엄마의 안내를 받으면서 소파로 가서 다리를 오므리고 앉는 사이 나는 뒤로 열 걸음 정도 물러나 거의 내 방 가까이 이르렀다. 후퇴한 것은 아니었다. 기가 막혔고 뭔가 묵직한 것으로 뒤통수를 얻어맞은 것 같았다. 하지만 얻어맞고 난 뒤 눈앞이 어지러운 것은 알았는데 그것이 불쾌함이나 놀라움 때문인지 아니면 그 밖의 다른 감정인지를 나는 전혀 분간하지 못하고 있었다. 다시 말하면 나는 소년을 직접 만나기 전보다 마음이 훨씬 편안해졌다. 그토록 불편한 느낌을 주었던 아이가 초등학생이라니, 헛웃음이 나왔다.

엄마가 부엌으로 가 냉장고 문을 열고 소리쳤다.

"뭐 줄까? 주스 마실래, 아니면 핫초코? 뭐가 좋겠어?"

"아무것도 안 주셔도 됩니다. 전 괜찮아요."

"그래도 그런 게 아니지. 마시고 싶은 거 있으면 편안히 말해."

"그럼, 물 마실게요."

엄마가 생수를 건네자, 찬영이는 단숨에 마시고 컵을 내려놓았다. 마치 물이 소화되기를 바라기라도 한 듯 잠시 침묵이 흘렀으나 오래가지는 않았다. 찬영이가 몸을 일으키고 소파에서 한 걸음가량 앞으로 나선 뒤 엄마를 향해 90도로 허리를 숙였다.

"정말 죄송합니다. 사과드립니다. 제가 킥보드를 타다가 장은진 누나에게 손해를 끼쳤습니다. 누나가 넘어졌다는 것을 알았지만 너무 놀라고 겁이 나서 도망치고 말았습니다. 누나가 다쳤다는 이야기도 들었습니다. 잘못했습니다. 용서해 주십시오."

그러고는 다시 한번 고개를 숙인 다음 뒤로 한 걸음 물러났다. 소파에 앉지는 않았다. 엄마가 괜찮다고 말해 주기를 기다리는 듯 가만히 서서 고개를 숙이고 있었다. 만약 녀석이 쪽지에다가 '도미노 소년 올림'이라는 구절만 넣지 않았다면 나는 분명 도미노 소년과 녀석을 동일 인물로 여기지 않았을 것이다. 느낌이 그랬다. 그동안 도미노 소년을 통해 내가 느낀 게 스트레스와 불쾌감이었다면 지금 눈앞에서 사과하고 반성하는 찬영이는 어딘지 모르게 어수룩하고 어설펐으며 지독하게 착한 것 같았다. 눈빛도 착했고 생긴 것도 착했으며 심지어는 덥수룩한 머리카락과 통통하게 살진 손가락마저 착해 보여서 어떻게 보면 만만하고 귀여워 보이기까지 했다. 엄마도 그렇게 느낀 걸까. 내가 미처 예상하지 못했던 말이 엄마 입에서 흘러나왔다.

"너희 엄마는 어디 계시니?"

찬영이는 고개를 더욱 숙일 뿐 선뜻 대답하지 않았다. 엄마는 그러면 그렇지, 하는 표정이더니 소파로 다가가 앉았고 찬영이에게도 앉으라고 손짓했다. 엄마는 코끝으로 흘러내린 안경을 한껏 치켜올렸다.

"아니, 얘!"

엄마가 뾰로통한 표정으로 말문을 떼는 순간 나는 아차 싶었다. 지금까지의 경험으로 보면 그것은 엄마 이야기가 길어질 거라는 신호였고, 대부분 기분이나 감정과 관련된 부분일 때가 많았다. "얘, 도진아!", "얘, 은진아!" 엄마는 뭔가 참을 수 없는 감정일 때 그렇게 말문을 열었고 중간에서 말을 끊거나 대꾸하는 것을 용납하지 않았다. 그대로 두면 엄마의 감정은 그릇 밖으로 넘쳤고 가끔은 폭발력을 가진 기체처럼 불꽃으로 둔갑했다. 그 상황을 모면할 수 있는 유일한 방법은 외부에서 전화가 걸려 오거나 누군가 문을 두드리기, 아니면 가스레인지에 올려놓았던 찌개가 끓어 넘치는 것이었다.

아니나 다를까. 엄마가 목구멍을 한껏 조인 것 같은 음성으로 말문을 열었다.

"엄마랑 같이 왔어야 하는 거 아니니?"

"그게……."

"아니, 자기 아이가 사고를 냈으면 엄마라는 사람이 아이 손을 잡고 직접 찾아와 사과해야 하는 거지. 지금 아이만 달랑 보내놓고 용서받기를 바라는 거야? 얘, 내가 생각할 때 너희 엄마 좀 그렇다. 너무 예의가 없는 것 같아."

나는 어, 어, 하면서 두 사람 곁으로 다가갔다. 하지만 끼어들지는 않았다. 처음에는 "아니, 얘!"라는 것 때문에 당황한 것은 사실이었지만, 듣고 보니 조목조목 맞는 말이었다. 오히려 엄마 말을 듣고 나니 찬영이가 왜 만만해 보였는지 알 것 같았다. 사과했는데도 뭔가 부족해 보였고 심지어는 그것이 곧이곧대로 들리지 않은 이유는 옆에 부모가 없었기 때문이 아닐까. 이럴 때 부모란 아이의 사과가 진심인지 아닌지를 공증하는 역할을 한다. 엄마와 함께 오지 않았으니 찬영이의 사과가 온전한 느낌을 주지 못하는 것은 당연한 일이었다.

"엄마한테 말씀드리기는 한 거니?"

"아니요."

찬영이가 대답하자 엄마는 모욕이라도 당한 듯 어머머, 하더니 손으로 자신의 입술을 틀어막았다. 남의 자식 앞이니만 큼 엄마가 나름 잘 자제하고 있다는 것을 나는 알고 있었다. 은진이 누나나 내가 대상이었다면 눈물 콧물이 빗발치고 목소리는 더욱 높아졌을 것이다. 그러고는 내가 무슨 영화를 누리겠다고 이런 고생을 하냐며, 하소연이 이어질 것이다. 엄마가 "어머, 얘."를 연발하며 손부채로 얼굴을 식히고 있을 때, 찬영이가 상체를 조금 앞으로 내밀면서 이렇게 말했다.

"엄마가 안 계셔요. 그래서."

"직장에 나가셨어?"

"아니요. 원래 안 계십니다."

"워, 원래? 그럼 아빠는?"

"아빠도 안 계십니다. 저는 형이랑 둘이 살아요. 형은 스물일곱 살인데, 차마 입이 떨어지지 않아 제가 사고 낸 사실을 말하지 못했습니다. 형은 아무것도 모르고 있어요."

"세상에, 이게 다 무슨 일이니."

당황한 엄마는 소파에서 일어나 뒷모습을 보이며 부엌으로 걸어갔으나 3초도 되지 않아 그대로 되돌아왔다. 그런 다음 형은 직장에 다니는지, 다른 가족은 없는지 꼬치꼬치 캐물었다. 형은 온종일 아르바이트하고 있으며 가까이 알고 지내는 친척은 없다고 찬영이가 대답했다.

"우리 은진이가 팔뚝 뼈에 금이 갔거든."

엄마의 목소리가 갈라지기 시작했다.

"킥보드 같은 거 탈 때는 조심해야 하잖아. 엄마 아빠도 없
는 애가 그러다 사람이라도 다치면 어쩌려고 그랬어?"

엄마가 보상금에 관해 언급하고 있다는 것을 찬영이도 눈
치챈 것 같았다. 갑자기 몸을 일으키더니 청바지 주머니로 손
이 들어갔고 구겨진 지폐를 꺼내 엄마에게 내밀었다. 만 원짜
리 한 장에다 천 원짜리도 두어 장 보였다.

"어머, 어머머."

기가 막힌다는 듯 엄마는 다시 입을 틀어막았고, 눈앞의
사태가 현실인지 믿기지 않는다는 듯 흘러내린 안경을 연신
치켜올렸다. 찬영이는 돈을 손에 든 채 다시 한번 꾸벅, 허리
를 숙였다. 엄마는 얼른 찬영이를 소파에 앉혔다.

"얘, 아무리 그래도 형한테 이야기했어야지. 형은 아르바이
트하고 있다며? 치료비를 물어 줘야지 막무가내로 이러면 어
떡하니. 너 어디 살아? 집이 어디야? 내가 너 혼나지 않게 형
한테 잘 말할게."

"저 그게……."

"너 그거 만 이천 원이니? 우리 은진이는 팔을 다쳐서 오디
션도 힘들게 생겼는데 만 이천 원이라니, 우리 은진이가 지금

오디션에 참가하고 있다는 이야기는 알고 있니? 원래는 뼈에 금이 가서 깁스해야 하는데 의사한테 사정사정해서 깁스는 면한 거야. 오디션 프로그램이 아직 끝나지 않았으니까. 넌 그걸 알아야 해. 무슨 말인지 알아듣겠니?"

엄마는 언성을 점점 높였다. 아무래도 만 이천 원이라는 돈이 엄마의 감정을 자극한 것 같았다. 찬영이는 돈을 내민 손을 거두어들이지 않고 있었다.

"제가 모은 돈이 이것밖에 안 되어 죄송합니다. 저금통까지 탈탈 털었는데……. 나중에 더 모아서 꼭 갚아드리겠습니다."

그러면서 손을 더욱 길게 내밀었다. 엄마가 끝내 받지 않자 찬영이는 소파 위에 그것을 내려놓고 양손을 바지에 쓱 닦은 뒤 앞으로 가지런히 모았다. 어이가 없었으며 화도 났지만 그렇게 사건이 일단락되는 줄 알았기에 어느새 나는 다시 내 방 근처까지 뒷걸음질로 물러났다.

문제는 엄마가 형 전화번호를 불러 달라고 재차 요구한 뒤에 일어났다. 찬영이 입에서 초등학생의 것이라고는 도저히 믿어지지 않는 말이 흘러나왔다.

"저희 형에게 연락하시겠다고 하면 전화번호를 가르쳐 드릴 수밖에 없습니다만, 그렇게 하시면 서로가 굉장히 불편해지실 수도 있는데 괜찮으실까요?"

"응?"

엄마와 나는 서로 눈빛을 주고받았다. 나는 무슨 소린지 모르겠다는 의미로 고개를 살짝 가로저었고 엄마 역시 인상을 찌푸리고 있었다.

"너 그게 무슨 소리니?"

엄마 목소리에 더럭 겁이 실렸다. 나 역시 찬영이의 형이 무슨 조직 깡패쯤 된다고 하는 줄 알았다. 유흥업소 같은 곳에서 푼돈을 받고 일한다면 그것 역시 아르바이트라고 할 수 있지 않을까. 아니면 쇠사슬을 철렁이는 무시무시한 친구라도 곁에 뒀다는 뜻인가.

"그냥 제 번호 가르쳐 드릴게요."

미리 적어 온 듯 찬영이가 쪽지 하나를 내밀었다. 엄마는 바로 입력한 뒤 통화 버튼을 눌렀고 찬영이 주머니에서 휴대 전화가 울리자 얼른 전화를 끊었다.

사과의 정체

　찬영이가 인사하고 밖으로 나가자, 엄마는 데려다주는 척하면서 집을 알아 오라고 했다. 내키지는 않았지만 필요한 일인 듯해 급하게 휴대 전화를 챙겨 밖으로 나갔다. 찬영이는 가지 않고 빌라 앞에서 서성거렸다.

　"가자. 데려다줄게."

　이래저래 쪽팔렸지만, 찬영이와 함께 골목을 걸었다. 수찬이와 미진이 등 우리 학교 학생들을 어떻게 알고 접근했는지, 또 형은 뭐 하는 사람인지를 물어보기 위해 말을 고르고 있는데 찬영이가 먼저 입을 뗐다.

　"형."

"어, 그래."

"제가 왜 도미노 소년인지 궁금하지 않으세요?"

'이 자식 봐라. 같이 걸어 주었더니 아주 맞먹으려고 드네.'

속으로 혀를 찼지만, 내색하지는 않았다. 미리 준비해 온 말을 하는 것 같다는 생각도 들었다. 어쨌거나 녀석과 나는 나이 차이가 무려 네 살이었다. 고등학생과 초등학생은 무엇으로 보든 하늘과 땅 차이라고 할 수 있었다. 서로 말을 섞는 사이도 아닐뿐더러 동선이 일치하지도 않는다. 심지어는 고등학생이 초등학생을 대상으로 돈을 뜯었다는 말조차 들어 본 적이 없다.

그냥 귀엽게 봐줘야 하나 싶다가도 그동안 마음고생을 한 것이나 특히 녀석이 우리 학교 친구들에게 접근했다는 사실을 떠올렸을 때는 나도 모르게 마음이 거칠어졌다. 나는 녀석과는 반대편을 향해 침을 퉤 하고 뱉었다.

"어, 듣고 보니 궁금하네. 왜 도미노 소년이야?"

"제가 도미노 게임을 좋아했거든요."

"색 도형 도미노 같은 거?"

나도 그럭저럭 좋아했던 것 같다는 말은 하지 않았다. 아이라면 어린 시절은 필수로 거치고 누구나 한 번쯤은 색 도형 도미노에 흥미를 느낀다. 세상 모든 아이의 보편적인 성장 과정인 셈이다. 너희 부모님이 그때는 살아 계셨던 모양이구나. 그 말이 하고 싶었지만, 꾹 참았다. 고등학생이 초등학생을 정신적으로 학대한다는 오해는 받고 싶지 않았다.

"그것도 좋지만 제가 가장 좋아하는 것은 엄마 너구리 도미노 게임이에요. 그 카드는 지금도 집에 있어요."

"엄마 너구리 도미노 게임?"

처음 듣는 게임 이름이었다. 너희가 클 때 유행했던 거냐고 물었더니 정확히는 모르지만 아마 그럴 거라고 했다. 어떻게 하는 게임인지 물어보지는 않았다. 사실은 알고 싶지 않았다. 어려서 엄마 너구리 도미노 게임을 좋아해서 도미노 옷을 즐겨 입었고 도미노 소년이 되었다는 말을 듣고 나면 콧속이 간질거릴 것 같았다.

어려서 '해리 포터'를 즐겨 읽었고 여섯 살부터 축구공을 가지고 놀았던 나에게 누군가 작가가 되거나 축구 선수가 되라고 권한다면 싫다고 말하기 전에 한 대 때려 주고 싶은 마음이 들 것이다. 찬영이의 말은 그저 어색한 분위기를 무마하기 위한 임시방편일 뿐이므로 거기에 정색하는 것은 고등학생답지 않은 행동이었다. 그래서 참는 중이었지만, 녀석은 하고 싶은 말을 멈출 생각이 없는 것 같았다.

"하나가 무너지면 덩달아 무너지는 것, 그게 도미노 게임의 마력인 것 같아요. 그렇지 않나요, 형?"

"어, 뭐 그렇지. 그런 것 같아."

"좋은 이야기야."라고 덧붙이기까지 한 걸 보면 정말이지 나는 아무 생각이 없었던 것 같다.

'내가 알아두고 싶은 것은 도미노 게임이 아니라 너희 집이야. 그거면 충분해.'

속으로 그런 생각을 하면서 녀석을 따라가고 있을 뿐이었다. 녀석은 사거리에서 횡단보도를 건너지 않고 왼쪽으로 돈 뒤 몇 블록을 꾸준히 걸어가더니 다시 큰 사거리가 나오기 직전 왼쪽 골목으로 방향을 틀어 두 번째 건물 앞에서 멈추었다. 다세대 주택이었고 조금 낡아 보였지만 깨끗하고 아담한 느낌이었다.

"저 옥탑방이 우리 집이에요. 잠깐 들어가실래요?"

"아니, 됐고."

잠시 뜸을 들이고 나서 물어보고 싶은 게 있다고 했더니 녀석은 "네, 형!" 하더니 갑자기 차렷 자세를 취했다. 그것은 긴장감을 유지하던 나를 퍽 김빠지게 했다.

'너, 보면 볼수록 웃긴다.'

그 말 역시 속으로 삼켰다. 동생 같아서는 아니었다. 그렇다고 누나를 생각해 조심하는 것도 아니었다. 찬영이는 왠지 모르게 이질적이었고 나와는 다른 세상에서 사는 아이 같았다. 관심을 가져보려고 해도 도저히 흥미가 생기지 않는, 건드릴 필요도 없고 건드리고 싶은 마음도 들지 않는 특정 부류의 아이들은 학년이 올라갈 때마다 한두 명씩은 꼭 만나기 마련이다.

"우리 학교 내 친구들은 어떻게 알고 만난 거야?"

내가 지나치게 얼굴을 가까이 들이밀고 물었기 때문일까. 찬영이는 대답하지 않고 눈만 멀뚱거렸다.

"무슨 소린지 모르겠어요."

하릴없이 같은 질문을 반복해야 했다.

"최근에는 우리 학교 1학년 6반 미진이라는 내 친구를 만나 쪽지를 전해 달라고 부탁했잖아. 그 쪽지에서 예고한 대로 오늘 너는 우리 집을 방문했지."

나도 모르게 고개와 다리를 건들거리며 말하고 있었다. 자존심이 상했기 때문이다.

"아, 그 누나가 미진이 누나였어요? 전 그냥 형네 학교 앞이라 아무나 붙들고 물어본 거였어요."

"우연이었다는 거야?"

"네."

"좋아. 그럼 지난번 뚝섬역에서 내 친구 수찬이 만난 것은 뭐라고 설명할 건데? 거기는 우리 학교 앞도 아니고 나를 아는 친구도 없는 곳이잖아. 수찬이가 교복을 입었던 것도 아니야. 그날도 우연히, 아무나 붙들고 물어본 건데 기막히게도 나를 아는 친구였던 거야?"

"비슷한 것 같은데요."

"뭐라고?"

"우연히 그 형 옆에 서 있다가 전화 통화하는 소리를 들었어요. 장도진이라는 형 이름이 흔한 이름은 아니잖아요. 그 형이 '야, 장도진!' 하고 말하는 소리를 여러 번 듣고 혹시나 해서 물어본 거였어요. 형은 혹시 제가 그 형한테 말을 걸기 위해 그 형을 따라 일부러 뚝섬역까지 갔다고 생각하시는 건가요?"

"아니야?"

"에이, 저 초등학생이에요. 그런 거 힘들어요. 게다가 형네 학교 형과 누나들을 제가 어떻게 안다고요."

"아니라고?"

눈이 돌아간 나는 땅에다 침을 탁 뱉었다.

"아, 이 새끼 이거!"

내 입에서 거친 말이 터져 나왔다. 모욕당한 느낌이어서 더는 참기가 힘들었다. 논리적으로 밀리는 듯한 느낌은 나를 화

나게 했다.

　나는 씩씩거리는 호흡으로 찬영이를 향해 한 걸음 다가갔다.

　"있잖아."

　그런데 하필이면 그때 내 또래로 보이는 어떤 여자아이가 그 집에서 나오는 바람에 표정을 누그러뜨리지 않을 수 없었다. 가까운 슈퍼라도 가는지 일상복 차림에 슬리퍼를 신었고 손에는 천 원짜리 지폐 몇 장이 쥐어져 있었다. 골목 밖으로 걸어 나가던 여자아이가 뭔가 미심쩍은 듯 뒤돌아보았을 때 나는 찬영이에게 부랴부랴 작별 인사를 건넸다. 여자아이가 어디선가 본 적이 있는 얼굴 같아서 겁이 났던 것 같다.

　"알았다. 그만 들어가 봐."

　"형. 안녕히 가세요."

　녀석이 90도로 허리를 굽혀 인사했다.

　집으로 돌아오면서 나도 모르게 자꾸 뒤돌아보게 되었다. 조금 더 이야기를 나누었어야 한다는 아쉬움이 남았다. 수찬이와 대화할 때 알 수 없는 허기에 시달리는 것처럼 녀석과 이야기하다 보니 미처 다 하지 못한 말 때문에 입안에 침이 고였다. 도둑이 제 발 저린 격이랄까. 뭔가 의심하는 것 같은 여자아이의 눈빛에 지레 겁을 먹고 도망쳤다고 생각하면 너무 한심하고 자존심이 상했다. 나는 잘못한 것이 하나도 없었다.

하필이면 같은 건물에서 여자애가 나왔으니……. 그러다가 문득 이상하다고 생각했다. 그 여자아이가 같은 건물에 산다면 찬영이를 아는 척했어야 하는 게 아닐까. 빌라도 아니고 다세대 주택이지 않은가.

"학교 다녀오니? 찬영이구나." 그런 말까지는 아니더라도 상투적으로 건네는 눈빛이 있기 마련인데 찬영이를 바라보는 여자애의 표정은 모르는 아이, 처음 보는 아이들이 왜 우리 집 앞에서 서성거리나, 그런 눈빛에 가까웠다.

'그 집에 사는 거 맞나?'

하지만 확인하기 위해 되돌아갈 수는 없었다. 혹시 찬영이를 다시 만나고 녀석이 그 집에 사는 것이 사실로 밝혀진다면 사람이 좀 우스워 보이지 않을까.

'전화번호는 알고 있으니까.'

그렇게 자신을 위로하며 우리 집을 향해 빠르게 걸어갔다.

집 가까이 이르렀을 때는 다른 것을 의심하는 나를 발견했다. 그날 통화하면서 수찬이가 '야, 장도진!'이라고 나에게 말한 적이 있었던가. 기억이 나지 않았다. 통화한 건 맞는데 용건이 무엇이었는지, 어떤 대화를 나누었는지는 생각나지 않았다.

'우연이라고?'

코웃음이 터져 나왔다. 뚝섬역에서 얼굴도 모르는 장도진의 친구를 발견하고 말을 걸었다니. 차라리 깊은 바닷속에 빨간 장미 한 송이가 피어 있더라고 말하는 것이 낫지 않을까. 그 장미에 벌레 한 마리가 살더라고 한다면 더 가관일 것이다.

'동우 초등학교 6학년 1반이라고 했지?'

확인이 필요한 것 같았다. 잠깐 마당발 수찬이를 떠올렸으나, 이런 경우에는 마당발보다는 오지랖이 쓸모 있다고 생각하면서 미진이의 연락처를 찾아 통화 버튼을 눌렀다.

"너 동생이 둘이나 있다고 했지? 어느 학교 몇 학년들이야?"

미진이 바로 아래 동생은 중학교 2학년이고 다른 아이는 초등학교 3학년이라고 했다. 무슨 일이냐고 묻기에 나도 모르는 사이 자초지종을 털어놓고 말았다. 미진이에게 이런저런 이야기를 하면서 내가 지금 흥분 상태라는 것을 알아차렸다.

"잠깐만 기다려. 내가 순식간에 알아봐 줄게."

통화를 끝내고 10분쯤 지나자, 미진이가 전화를 걸어 왔다.

"대박!" 미진이의 첫마디가 그랬다. 나는 집으로 들어와 내 침대 위에 드러누워 있었다.

"6학년 1반 김찬영은 동우 초등학교 전교 회장이래."

"그럴 리가."

나는 침대에서 몸을 일으키고 말았다. 미진이는 맞다고 했지만 믿기지 않았다.

'일진들이 밀어주는 전교 회장이 있다던데 혹시 찬영이도? 형이 조폭이라면 가능한 그림이 아닐까.'

하지만 그렇다고 단정하더라도 이해가 가는 것은 아니었다.

"걔는 부모님도 안 계셔. 다른 애 아니야?"

"부모님 안 계신다고 전교 회장 하지 말라는 법은 없지. 옛날 옛적 호랑이 담배 피우던 쌍팔년도라면 몰라도. 나도 이상해서 몇 번이나 확인했는데 걔가 전교 회장 맞아."

"헐. 일단 끊어 봐."

통화를 끝내고 동우 초등학교 홈페이지로 들어가 여기저기 둘러보았다. 전교 회장의 교내 봉사활동 사진을 어렵지 않게 찾을 수 있었다. 아무리 봐도 6학년 1반 찬영이는 내가 본 그 찬영이가 맞았다.

뭔가 뒤죽박죽이었다. 짜증이 났다. 이게 질투심인지 단순한 스트레스 때문인지 모른 채 누워 있다가 나도 모르게 잠이 들었다. 한참 만에 깨어나 보니 바깥이 어둑어둑해진 상태였다. 거실 식탁에는 저녁상이 차려져 있었다. 휴대 전화에는 20분 전에 엄마 아빠가 어린이 대공원으로 산책하러 나간다는 문자가 도착해 있었다.

학원 수업이 없는 날이라 마음이 느긋해졌고 밥보다는 다른 걸 먹어야겠다는 생각으로 냄비에 물을 올리고 난 뒤 라면 봉지를 뜯었다. 식탁에 앉아 물이 끓기를 기다리다가 너구리라는 단어가 떠올라 휴대 전화 화면을 열어 '엄마 너구리 도미노 게임'이라는 구절을 쳤다. 어떻게 하는 게임인지 알아 두면 좋을 것 같았기 때문이다.

그때 미진이가 문자로 찬영이의 '인별그램' 계정이 있더라고 알려 주었다.

'초등학생이 인별그램을 한다는 게 말이 되나.'

급하게 들어가 프로필을 몇 개만 뒤졌는데 이내 찬영이의 얼굴이 떴다. 댓글에는 백 명도 넘는 초등학생들이 우르르 들러붙어 있었다.

게시 내용은 유치하고 평범했으나 찬영이가 학교에서 꽤 인기가 많다는 것을 알 수 있었다. 프로필에 붙은 '좋아요' 수가 150개가 넘었다. 동우 초등학교 6학년이 몇 명인지는 모르지만, 다른 학년에도 인기가 있을 듯했다. 문제의 게시물을 발견한 것은 라면을 다 먹고 내 방으로 들어간 뒤였다.

🔘 3년 전, 형이랑 부모님 성묘하러 갔을 때의 사진이에요.

그 페이지가 눈에 띈 것은 '좋아요' 숫자가 무려 220개였기 때문이다. 초등학생 인별그램에 200개가 넘는 '좋아요'라니. 댓글은 그 수보다 더 많은 307개였다. 포스팅 날짜는 두 달 전으로 표시되어 있었다. 이를테면 3년 전에 성묘하러 갔던 사진을 2개월 전 날짜로 올려 '좋아요' 220개와 댓글 307개를 얻어낸 것이다. 댓글을 열어보기가 조심스러웠다. 아직 초등학생인 아이가 돌아가신 부모님 산소에 성묘했다는 이야기라면 눈물 콧물 없이는 지나치기 어려울 것이다. 그런데 사진 속 찬영이의 형은 한쪽 다리에 깁스하고 있었고, 다른 쪽 다리 무릎에도 붕대가 감겨 있었으며 지팡이까지 짚고 있었다. 사진을 확대했을 때 그 얼굴은 어디선가 본 적이 있는 듯했다. 깁스와 붕대 감은 다리와 함께 왠지 모르게 낯이 익었다.

"뭐지?"

내막을 알고 싶으면 댓글을 들여다보는 수밖에 없었다. 댓글을 10개도 채 읽지 않았을 때 나는 하늘이 무너지는 듯한 충격을 받았다. 찬영이 친구가 형은 어떻게 하다가 다리를 다

첬느냐고 묻자, 찬영이는 이렇게 대답했다.

> 형이 시험 보러 가는 도중 갑자기 킥보드 사고가 났어.
> 상대는 곧 중학교 1학년이 될 형이었는데 촉법소년이어서
> 처벌은커녕 우리 형한테 도리어 치료비까지 물어내라고 했어.
> 우리 형은 오랫동안 준비한 시험도 못 쳤고 종아리뼈에 금이
> 가서 깁스까지 했는데 말이야.

다른 아이의 질문에 이렇게 대답한 구절도 보였다.

> 우리 형은 교통 규칙도 지키고 서행했지만, 가해자가 되어
> 버렸어.

"이, 나쁜 새끼들!"

나는 들여다보던 휴대 전화를 침대 위로 내동댕이치고 말았다. 그랬다. 무시무시한 일이 벌어지고 있었는데 눈치를 못 챘다. 찬영이는 사과하기 위해 우리 가족 앞에 나타난 게 아니었다. 킥보드와 깁스, 그리고 촉법소년. 의심의 여지가 없었다.

어느 봄날의 난장

　불장난 같았던 그 일은 우연한 계기로 시작되었다. 온종일 킥보드를 타고 장난치며 돌아다니다가 골목 시장 근처에서 어떤 아저씨의 자동차를 들이받았는데 '이제 죽었구나!' 하던 걱정과는 달리 아저씨가 나와 내 친구 창수에게 5만 원권 지폐를 각각 쥐여 주더니 그만 가 봐도 된다고 했다.

　그 장소를 먼저 떠난 것은 우리가 아니라 아저씨였다. 뺑소니나 책임 회피 같은 것은 없었다. 아저씨는 창수와 나에게 부모님 연락처를 물었으나 우리가 대답하지 않았고 심지어는 괜찮다고까지 말하자 지갑을 열더니 난데없이 돈을 꺼냈다. 그것은 정말 난데없는 행동이었다. 차도에서 장난을 친 것은 우리였고 힘에서 밀리는 느낌이던 내가 킥보드를 집어 던지자, 그것을 피하려던 창수가 차와 부딪치며 넘어지고 만 것이다. 잘못한 것은 명백히 우리였고 그중에서도 나였는데 아저씨는 왜 돈을 주는 것일까. 그 광경을 시장 상인 몇 사람이 지켜보았지만 끼어들지는 않았다.

내가 꽉 쥐고 있던 주먹을 활짝 편 것은 사우나 건물 1층에 놓인 홍보용 입간판 뒤에 숨어서였다. 사고가 일어난 장소에서 300m가량 떨어진 곳으로 미친 듯이 달려가 멈춘 곳이 거기였고 몸을 감추듯이 창수가 먼저 열려 있던 건물 안으로 들어갔다.

"와. 머리에 파스 바른 것 같아."

창수가 양손으로 제 머리통을 부여잡으며 신기해하자 나는 웃음을 터트렸다. 그러다가 미끄러지듯 찬 바닥에 스르르 주저앉았다. 입안에서는 쉴 새 없이 침이 고였으나 다리 힘은 완전히 빠져나갔고 번아웃에 걸린 정신은 몽롱하고 축축한 안개에 휩싸인 것 같았다. 그나마 드러눕지 않고 주저앉은 것은 간간이 사람들이 그곳을 거쳐 지하에 있는 사우나로 내려갔기 때문이다.

손바닥을 폈을 때 5만 원권이 그대로 있는 것을 보고 꿈이 아니라는 것을 알았지만 여전히 영문을 알 수 없었다. 마음이 바뀐 그 아저씨에게 들킬 일이 없기를 바랐고 넘어진 것은 창수지 내가 아니라는 사실을 아무도 알아채지 못했으면 했다. 마침 그때 창수 녀석이 바지를 걷어 올리며 넘어질 때 아팠던 무릎 부위를 확인하고 있었다. 피부가 약간 벗겨졌을 뿐 피는 나지 않았고 멍이 든 흔적도 없었다. 녀석이 부딪치고 넘어진 것을 빌미로 내 몫의 5만 원을 달라고 하면 싸워서라도 지키겠다고 결심했지만 그런 일은 일어나지 않았다. 불안하기는 창수도 마찬가지였는지 자꾸만 주변을 둘러보면서 눈알을 굴렸다. 나는 그때 갑작스러운 그 행운에 대해 마음으로 이해하고 표현할 능력 같은 것은 없었고, 이 사태를 어떻게 처리하는 것이 현명한 노릇인지 생각해 보지도 않았다. 나는 그냥 내 손바닥 안에 들어온 그 돈을 놓치고 싶지 않았다. 내가 알고 있었고 잘할 수 있었던 것은 그런 돈을 놓치지 않으려면 어떻게 해야 하는지 직감적으로 알고 있었다는 것이다. 문제가 닥치기 전에 다 써 버리자는 것이 내 생각이었다.

"가자."

기다렸다는 듯 창수가 몸을 일으켰고 어디로 가자는 약속이 없이도 같은 장소로 발걸음을 맞출 수 있었다. 우리가 찾아간 곳은 피시방이었다. 라면과 삶은 달걀, 음료수 따위를 시켜 먹은 뒤 질릴 때까지 컴퓨터 게임에 매달렸고 자정이 되어서야 집으로 돌아갔다. 다음 날 오전, 창수와 나는 다시 만났다.

창수가 비장한 표정으로 말했다.

"우리 또 해 볼래?"

나 역시 결심이 서 있었다. 창수는 킥보드를 타고 다니다가 적당한 대상이 보이면 범퍼나 백미러처럼 약한 곳을 겨냥해 살짝 들이받기만 하면 된다고 했다.

"간단하지?"

"어. 그러네."

"왜 그런지 알아?"

"뭔데?"

나는 모르는 척 시치미를 떼며 물었다. 하룻밤 새에 창수만 연구한 것은 아니었다. 명절 같은 날도 5만 원을 주는 친척이 단 한 명도 없는 나에게 길 가던 아저씨가 5만 원을 주었다. 그것도 잘못이 있는 우리에게 말이다. 그 이유를 알기 위해 밤을 꼬박 새우고 검색하면서도 창수에게 문자 한 통 보내지 않았다. 말을 참아야 할 것 같았다. 함부로 발설하면 마법이 사라지고 말 것이다. 필요한 것은 촉법소년이 어떻게 그와 같은 사회적 대접을 받게 된 것인지 이해하는 것이었으나 쉽지는 않았다. 그저 그날 알게 된 것은 촉법소년이면 무조건 안전하다는 것이었다. 정말 그래도 되느냐는 의심은 그 아저씨와의 사건을 복기하고 나니 아무것도 아닌 일처럼 되었다. 사람을 죽이겠다는 것도 아니고 도둑질하자는 것도 아니었다. 차를 향해 넘어지는 척만 하면 되는 일이었다. 그것은 매 맞는 기분이랑 비슷할 것 같았다. 돈을 받을 수만 있다면 열 대든 스무 대든 맞을 수 있었다. 우리 반 남자애들이라면 비슷한 선택을 할 것이라는 확신도 있었다. 그렇게 밤을 새워 결심하고 나니 부쩍 어른이 된 것 같았다.

세부적인 합의도 어렵지 않았다. 쓰러지는 역할은 번갈아 하기로 했으나 하다 보니 창수의 역할로 고정되었다. 내가 생각해도 창수는 쓰러지는 연기에 소질이 있었다. 평일이 아니라 주말에만 만나 사고를 내기로 한 것은 수요일에 어느 아주머니 차로 뛰어들고 난 뒤에 결정된 것이었다. 아빠보다 엄마가 그렇듯이, 아주머니들은 아저씨들과 달라서 일단 말로 덮을 수가 없었다. 협상하기 전에 질문이 너무 많은 것도 방해 요인이었다. 어디 사니? 이름이 뭐니? 엄마 연락처는 어떻게 되니? 아저씨들이라면 잘 묻지 않는 것은 그 밖에도 많았다. 어디를 부딪친 거니? 옷 좀 걷어볼래? 이렇게 누르면 아프니? 골목에서 왜 갑자기 튀어나온 거야? 아저씨들과는 헤어질 때도 부담이 없었다. 아주머니들은 돈도 안 주면서도 의심스러운 눈을 거두지 않았고 심지어는 미움이 담긴 눈으로 레이저를 쏘아대지만, 아저씨들은 하나같이 바쁜 것 같았다. 그들은 우리가 애써 불량스럽게 투덜거릴 필요도 없이 알아서, 자발적으로 놀라운 기적을 일으켰다.

나는 고지식한 아저씨들이 부모에게 연락해 문제를 크게 만드는 것을 저지하는 역할을 맡았다. 처음에는 만족스럽지 않았으나 차츰 노하우가 생겼고 무난하게 처리하는 방법을 터득할 수 있었다. 가장 간단하면서 정확한 결과를 가져오는 것은 창수를 따돌리는 척하면서 운전자에게 방법을 귀띔해 주는 것이었다.

"쟤네 엄마가 아시면 난리 나요. 쟤네 엄마는 감기만 걸려도 동네 병원이 아니라 서울대 병원의 유명한 의사 선생님 찾아가 진료받는 분이거든요. 게다가 아는 사람이 많아서 아무것도 아닌 일을 크게 벌이기로 유명해요."

운전자가 "그래도"라며 소심하게 나오면 이렇게 덧붙인다.

"쟤, 오늘 학원 째고 놀다가 이렇게 된 거 알면 엄청나게 맞아요. 별로 다치지도 않고 그냥 넘어지기만 한 건데, 이 일로 제 친구가 얻어맞아야 속이 시원하시겠어요?"

그러면 대부분은 "그래도 이게 아닌데." 하면서도 못 이기는 척 지갑을 꺼내 떡볶이 사 먹으라며 돈을 내민다. 아저씨들은 3만 원이나 5만 원이라는 싼 가격으로 문제를 해결하는 것에 별 불만을 품지 않았고 오히려 미안해하며 현장을 떠났다. 우리 역시 위험천만하게 많은 돈을 요구해서 의심을 사는 행동은 하지 않았다. 내가 바라는 것은 그저 자유롭게 피시방에 드나들 수 있는 비용을 얻어내는 것이었다. 욕심을 부리지 않고 주말 이틀 동안 한두 건만 벌이면 되는 일이었기에 모든 것은 순조로웠다. 경쟁자들이 나타나기 전까지는 말이다.

3주 차로 접어든 주말, 창수의 절친이던 명석이가 우리 사업에 끼어들었다. 김명석. 이름은 명석하지만 절대 똘똘한 놈이 아니었다. 그 녀석만 아니었어도 일이 그 모양으로 꼬이지는 않았을는지 모른다.

창수와 내가 아지랑이였다면 명석이는 봄의 들판에 피어오르는 들불이었다. 아니, 거대한 산불이라고 할 수 있었다. 처음에는 저 혼자 끼어들더니 나중에는 두 명, 세 명 부대를 몰고 왔다. 연기에 서툴면서 욕심만 앞세우는 아이들이 모이자 때 묻은 아이들이 떼로 몰려다닌다는 소문이 금세 퍼졌다. 어른들은 더는 호락호락하지 않았기에 아이들은 무리수를 둘 수밖에 없었다. 자동차 범퍼나 백미러로는 부족해서 바퀴 속으로 발목을 집어넣었고 바퀴와 바퀴 사이로 슬라이

딩하는 아이들도 늘어났다. 아저씨들은 화가 나면 아주머니들보다 훨씬 잔인했다. 협박을 받고 멱살을 잡힌 아이들이 생겨났다.

찬영이의 형은 나와 창수가 단짝으로 벌인 일 중에서 마지막으로 얻어걸린 호구였다. 낡은 경차를 끌고 골목에서 나와 우회전을 시도하던 찬영이의 형은 숨어 있던 창수가 차체로 뛰어들자 그 애를 피하려고 핸들링하다가 복권 파는 가판대를 들이받았다. 복권 가판대에 사람이 있었다면 큰 사고로 번질 수도 있었겠지만, 다행히 문을 열지도 않은 이른 시각이었고 토요일이라 지나다니는 사람들도 뜸했다. 문제는 그 순간 엄마가 나타나 끼어들면서 사건이 전혀 엉뚱한 방향으로 움직이기 시작했다는 것이다. 그날 아침의 엄마는 편서풍을 닮았다. 편서풍이 불면 바람의 세기가 갑자기 달라지고 바람의 방향도 바뀌게 되어 있다. 지표면 부근뿐 아니라 대류권의 상층부에서 갑자기 출현한다는 점도 엄마와 비슷한 점이 아닌가 싶다.

"그냥 치즈 라면하고 만두 몇 개 사 먹고 나면 괜찮아질 것 같아요."

내가 다리를 절룩이는 운전자를 골목으로 데려가 그렇게 제안하자 무슨 소린지 알겠다는 듯 찬영이의 형이 지갑을 꺼내 안을 뒤적거렸다. 사람들과 인연을 끊고 어디 골방 같은 데서 외톨이로 지내다가 막 세상으로 나온 사람처럼 찬영이 형의 표정은 어리바리했으며 단순하고 명확했다. 그는 킥보드를 탄 아이들이 도로를 휩쓸고 있다는 소문을 전혀 듣지 못한 눈치였다. 그렇다면 빨리 협상을 끝내고 뒤로 빠지는 것이 최선이었다. 그때 익숙한 목소리가 우리 사이로 끼어들었다.

"너 지금 여기서 뭐 하는 거니?"

엄마가 그렇게 말하며 걸어 내려온 곳은 동네 안과 의원이 단독으로 사용하는 음침한 계단이었는데 그 시각은 의원이 문을 열기도 전이었다. 나중에야 엄마가 그곳에서 아르바이트했다는 사실을 들었다. 이른바 고객 동원 아르바이트로 골목으로 햇볕을 쬐러 나온 할머니 할아버지들에게 접근해 백내장 수술을 받으라고 권하는 일이었다. 엄마는 별 재미를 못 보고 남 잘되는 것만 실컷 구경했다고 털어놓았다.

"어, 엄마 아무것도 아니야."

내 앞에서 지갑을 뒤적이는 찬영이의 형이 이상해 보였던 것일까. 아니면 여느 아주머니들처럼 엄마에게도 의구심이 너무 많았던 것일까.

"잠깐만, 지금 그러니까 사고가 났다는 거니? 교통사고가?"

그러고 난 뒤 나는 내가 주도했던 그 사건에서 완전히 배제되는 수모를 겪었다. 곧이어 아빠가 현장에 도착해 사태 파악에 나섰고 찬영이의 형은 가고 싶었던 곳으로 가지 못한 채 발이 묶였다. 그런데 토요일이었던 그날이 시험 보러 가는 날이었구나.

비슷한 말을 들었던 것 같기는 하다.

"제가 지금 급하게 시험 치러 가는 중이거든요."

찬영이의 형이 전화번호를 줄 테니 나중에 이야기하면 안 되겠냐고 묻자, 엄마는 즉각 반발하면서 신고하겠다고 했다.

"아니, 지금 초등학생 아이를 차로 치어 놓고 뺑소니를 하겠다는 건가요?"

지금 생각해도 아찔한 장면이 아닐 수 없다. 다친 사람은 우리가 아니라 찬영이의 형이었으니 말이다. 물론 복권 가판대를 들이받은 책임이 나와 창수에게 있다고는 생각하지 않는다. 운전의 결과는 운전자의 몫이다. 운전자는 어떤 상황이 와도 침착해야 하며 사고가 나면 규칙에 따라 처리되는 게 당연하다. 우리가 그때 초등학교 졸업식도 하지 않은 어린 아이였음은 틀림없는 사실이다. 오래 준비한 시험을 못 보고 종아리뼈에 금이 간 것은 안된 일이지만, 그렇다고 하더라도 '우리 형은 교통 규칙도 지키고 서행했지만, 가해자가 되어 버렸어.'라는 말이 변명이 될 수는 없다. 서행했어도 사고가 날 수 있다. 지나가던 손수레가 사람의 발을 밟으면 그것도 교통사고다. 복권 가판대를 들이받은 당사자는 누가 뭐래도 찬영이의 형인 것이다. 그런데도 찬영이는 그걸 문제 삼고 있는 것인가. 우리 학교 1학년 1반에서 6반 아이들을 차례로 배열해놓고 치밀한 계획을 세워가면서 말이다.

미심쩍은 것은 또 있었다. 찬영이 말대로 찬영이의 형은 장은진이 다친 일에 관해 아무것도 모르고 있는 것일까. 혹시 도미노 소년이라는 밑그림이 찬영이가 아니라 찬영이 형의 머리에서 나왔다면?

나는 끓어오르는 화를 누르며 휴대 전화를 찾아 찬영이 번호를 열었다. 따질 게 너무 많았다. 보상금 만 이천 원을 생각하면 당장 달려가 멱살이라도 잡아야 속이 시원할 것 같았다. 하지만 내가 겨우 따져 물은 것은 엉뚱하게도 엄마 너구리 도미노 게임에 대해 문자로 물어보는 것이었다. 혹시나 해 엄마 너구리 도미노 게임에 대해 검색했는데 그 카드의 발행 연도는 찬영이가 초등학교 다닐 때가 아니라 불과 2년 전이었다. 어렸을 때 엄마 너구리 도미노 게임을 즐겨 했었다는 것과는 거리가 멀었다. 이를테면 찬영이는 나에게 거짓말을 했고 그것이 의도적이었는지 나는 확인하고 싶었다.

> 찾아봤더니 엄마 너구리 도미노 게임은 최근에 나온 카드네.

전송을 누르고 나자 곧장 답이 왔다.

> 그게 왜요?

'헐. 이 자식이?'

나는 분노의 손놀림으로 다시 문자를 적어 보냈다.

> 마치 너 어렸을 적에 사용했던 것인 듯 거짓말했잖아. 그래 놓고 왜라니? 약간 당황스럽네.

'너 간이 부었구나.'와 같은 문장도 있었으나, 다 지우고 그렇게만 정리해서 보냈다. 이번 답은 5분가량 지나 도착했다.

> 형이 제가 클 때 유행했던 거냐고 물어서 저는 정확히는 모르지만 아마 그럴 거라고 했던 것 같은데요. 지금 찾아보니 2년 전에 나온 상품이네요. 하지만 그렇다고 그게 거짓말이라는 증거는 아니라고 봅니다.

잠시 뒤 문자 하나가 더 왔다.

> '의도적인 것'도 아니고요.

아오. 나는 더 답하지 않았다. 초등학생이랑 말싸움이나 하는 게 한심해서는 아니었다. 문자를 더 주고받다가는 화가 난 내 손가락이 무슨 글자를 쳐서 보낼지 알 수 없었다. 차라리 수찬이나 미진이에게 연락해 기분이나 풀자며 생각하고 있는데 '증거'와 '의도적'이라는 단어가 자꾸만 눈앞에서 걸어 다녔다. '의도적인 것'에 따옴표를 붙인 속마음을 떠올렸을 때는 마음이 무너지는 느낌이었다.

플래카드 걸고 풍선도 불자

우리 가족은 저녁 식사 뒤에도 식탁에서 일어나지 못하고 있었다. 초저녁이었고 몇 시간 뒤면 생방송으로 누나의 자랑스러운 활약을 볼 수 있는 날이라 친척들로부터 전화가 빗발쳤지만, 분위기는 좋지 않았다. 거실에 걸려고 맞춘 작은 크기의 플래카드는 포장만 뜯었을 뿐 걸지도 못한 채였다.

"지금이라도 알게 되어 다행이다."

찬영이의 인별그램을 들여다보면서 아빠가 한숨을 쉬었다. 아빠는 인별그램을 통해 찬영이의 형 이름이 김찬대라는 것을 막 알아낸 참이었다. 3년 전 나로 인해 김찬대가 다쳤고 깁스까지 했다는 것이 우리 가족에게 금시초문은 아니었다.

아빠가 지금이라도 알게 되어 다행이라고 한 것은 김찬영과 김찬대의 음흉한 속마음이었다.

"이건 절대 찬영이 혼자 꾸민 일이 아니야."

초등학생 머리에서 나왔다고 생각하기에는 너무 치밀한 밑그림이라고 했는데 나는 믿을 수도 없고 믿지 않을 수도 없었다. 찬영이가 보낸 '의도적'이라는 문자가 가시처럼 내 마음에 박혀 있었다. 이야기가 찬영이가 놓고 간 보상금 만 이천 원에 이르렀을 때는 아빠의 소주잔 기울이는 속도가 빨라졌다.

"어쩜 그렇게 발칙하니?"

나는 사과를 깎는 엄마의 손이 떨리는 것을 불안한 마음으로 지켜보았다. 다른 때 같았으면 과도로 물기 묻은 사과를 톡 치면서 "나 지금 사과 기절시키고 있는 거야. 그러고 나서 껍질을 깎는 게 사과에 대한 예의거든." 따위의 식은 농담을 하면서 깔깔거렸을 테지만 오늘은 무거운 숨소리와 조심성 있게 식탁 의자를 끌어당기는 소리만 들렸다. 이 모든 사단이 내 탓이라고 생각하면 과도의 칼등으로 내리쳐야 할 것은 사과가 아니라 내 머리통인 것 같았다. 더구나 엄마 아빠가 의기소침한 모습을 보이면 보일수록 나에게는 찜찜한 궁금증 하나가 삐죽 솟아나 몸집을 키웠다.

"그때 그게 잘못된 거는 아니었잖아요."

김찬대에게 200만 원을 송금받은 일을 두고 묻는 말이었다. 그 일을 두고 엄마 아빠는 분명 의례적이라고 말했다. 어린아이를 대상으로 교통사고를 내면 남들도 다 그렇게 처리한다는 것이었다. 그런데 엄마는 내 질문을 다르게 받아들인 것 같았다.

"킥보드를 타고 일부러 자동차에 뛰어들어 사고 낸 것이 잘못된 일이 아니라고?"

엄마와 나의 눈이 마주쳤다. 불과 며칠 전에만 해도 "역시 우리 도진이!"라는 응원가로 나를 칭찬했던 엄마였다. 나는 손사래를 쳤다.

"아니, 그거 말고 찬영이 형한테 돈 받은 거 말이야."

그러자 엄마의 표정이 죽을상으로 일그러졌다.

"어린아이가 타박상에 피부가 까져서 피가 났으니 보상해 줘야지. 보상 자체가 잘못된 것은 아니야. 하지만……."

엄마는 아빠가 따라 놓은 소주잔을 가로채 가면서 비로소 진심을 털어놓았다.

"너 기죽이지 않으려고 적반하장으로 배상까지 요구하기는 했지만 그게 다 오버인 건 너도 알잖아. 새삼 뭘 물어봐."

혹시 "역시 우리 도진이!"라는 응원가의 용도 역시 자식을 기죽이지 않겠다는 안간힘이었을까. 그 뒤 엄마의 잔소리는 한참 이어졌다.

"나쁜 애들이랑 그렇게 어울리지 말라고 했는데 돈 몇 푼 때문에 차로 뛰어든 애가 내 아들 맞니? 너 그때 우리가 말리지 않았더라면 지금까지 그런 짓 하고 다녔을 거야. 너 낳고 미역국 먹은 내가 미친년이지."

응원가가 악담으로 변질한 건 순간이어서 나는 적지 않은 충격을 받았다. 한 마디로 받지 말아야 할 돈을 받았다는 이야기였다. 사실은 나 역시 어렴풋이 알았던 것 같다. 하지만 어른들 뒤에 숨어 모른 척했다. 그것이 진실이었다. 엄마는 늘 하던 말을 후렴구처럼 이어 붙이고 있었다.

"엄마에게 누나 말고 희망이 없다는 건 너도 알지?"

그랬다. 행여 이 사건이 누나에게 영향을 미치지 않을까 하는 노심초사가 상심의 본질이었다. 누나가 무대에서 내려오면 우리 가족의 미래는 사라지고 만다. 지금 사는 반지하 방조차 빼야 한다고 들었다. 나는 긴가민가한 고갯짓으로 대답을 대신했다. 알아듣기는 했는데 자신은 없었다.

"그럼 이제 뭘 어떻게 해야 해?"

내 목소리가 조금 떨렸던 것은 아무래도 누나가 언급되어서가 아닐까. 호랑이도 제 말 하면 온다더니 마침 그때 누나에게 전화가 걸려 왔다.

"그래, 은진아!"

엄마의 말 한마디에 죽었던 집안 분위기가 살아났다. '그래, 은진아!' 얼마나 따뜻하고 희망적인 말인가. 우리 가족은 휴대 전화를 스피커 상태로 맞추고 저마다 거기에 얼굴을 갖다 댔다. 엄마의 목소리 몇 마디에 예민하기 이를 데 없는 누나의 촉이 즉각 발동되었다.

"엄마, 왜 그래? 무슨 일 있어?"

"일은 무슨. 네가 보고 싶어서 그러지."

"나도 보고 싶어, 엄마."

그러자 아빠가 "은진아, 사랑한다."라고 말했고, 나는 오늘 잘하라고 소리를 질렀다. 엄마가 재빨리 물었다. 일종의 분위기 전환용이었다.

"팔은 어때?"

나는 귀를 쫑긋 세웠다. 이 지옥 같은 불안감에서 벗어나려면 우리가 가해자가 아니라 피해자라는 판타지가 필요했다.

"자꾸 긁었더니 두드러기 나고 난리 났어. 이것저것 방법을 써봤는데 그래도 냉찜질이 제일 나은 것 같아."

어제는 인근 병원으로 가서 진찰도 받고 붕대도 새로 감았지만, 처방받은 두드러기약은 먹지 않았다고 했다. 혹시 모를 부작용 때문이었다. 엄마가 잘했다고 칭찬했다.

누나가 말했다.

"그것보다 같이 방 쓰는 애 때문에 진짜 짜증 나."

지방에서 올라온 한 살 많은 고3 언니인데 툭하면 "은진이 재, 또 혼잣말 시작이네."라고 하거나 "머리는 화장실에서 빗 으면 안 돼?"라고 하면서 간섭하여 스트레스가 이만저만하지 않다고 했다. 누나가 새 옷을 꺼내 입거나 액세서리를 하면 "길에서 샀냐?"라고 해서 싸움이 벌어진 적도 있었다고 한다. 담당 작가에게 불편하다고 호소하면 노래나 신경 쓰라고 한 다는 것이다.

누나의 하소연이 길어지자, 아빠가 먼저 휴대 전화에서 상 체를 거두어들였다. "역시 장은진!"이라는 감탄사도 놓치지 않았다. 이전 같았으면 "감히 내 새끼를 건드려?"라고 하거나 "담당 작가 전화번호가 몇 번이니?"라며 발끈했을 엄마는 풀 이 죽은 채 하나 마나 한 소리로 겨우 위로의 말을 이어갔고 나는 가만히 듣기만 했다. 듣기만 하는데도 잠이 올 것처럼 긴장이 풀리는 느낌이었다.

누나와 통화를 끝내자마자 아빠가 흔쾌히 막힌 곳을 짚었 다.

"200만 원을 돌려줍시다."

엄마도 맞장구를 쳤다. 하지만 단서를 달았다.

"사과는 신중해야 하는 거 알지? 우리가 뭘 잘못한 것처럼 비치는 게 좋지는 않아. 한 걸음 뒤로 물러나면 열 걸음 달려드는 게 세상인심이잖아."

아빠도 맞는 말이라며 동의했다. 사과도 없이 어떻게 돈을 돌려주겠다는 것인지 궁금했으나 물어보지는 않았다. 어쨌거나 돈을 돌려주겠다는 것은 바람직한 결론이었다. 통 큰 결심을 하고 나자 엄마의 목소리도 화통해졌다. 하지만 아빠가 당장 200만 원을 어디서 구하느냐, 대출도 꽉 막혔다고 고백하자 답답한 지하방에 다시 한숨 소리가 울려 퍼졌다. 엄마가 빌릴 데가 있는지 알아보겠다고 하자 아빠가 조용히 엄마 손을 잡았다 놓았다.

잠시 뒤 화장실에 들어갔다 나온 아빠가 해결책 하나를 더 내놓았다.

"내가 찬영이의 형을 만나볼게. 우리한테 뭘 원하는지 그것부터 파악해야 할 것 같아."

"찬영이가 형 전화번호는 안 가르쳐 주던데?"

엄마가 설명하자 아빠가 인상을 찡그렸다.

"도진이 네가 알아봐."

"그게……."

내가 말을 망설이자 엄마가 낮에 있었던 일을 다시 한번 상세히 들려주었다. 찬영이가 형 전화번호를 극구 안 가르쳐 주더라는 이야기였고 내가 그 점을 염려한다고 생각한 것 같았다. 하지만 나의 불안은 그보다는 구체적이었다. 내 짐작이 맞았다면 김찬대는 이번에 찬영이가 낸 사고에 관해 아무것도 모르고 있을 것이다. 나는 어쩐지 찬영이 혼자 벌인 일일 것 같다는 생각을 떨칠 수가 없었다. 그렇지 않았다면 조폭도 아닌 김찬대의 전화번호를 가르쳐 주지 않을 이유가 없었다.

"일단 플래카드 걸고 풍선도 불자."

아빠가 분위기를 띄웠다.

나는 김찬대의 전화번호를 알아내겠다고 대답한 뒤 내 방으로 돌아왔다. 내일 찬영이에게 전화를 걸어 다시 이야기해 보는 수밖에 없었다. 침대에 누워 있는데 미심쩍은 것들이 하나둘 뇌리를 파고들었다. 뭔가 지독하게 계획적이었다는 느낌은 여전히 남아 있었다.

안 되겠다 싶어 집에서 나왔다. 내 발길은 저절로 찬영이네 집으로 향했다. 녀석을 꼭 만나야겠다는 생각은 없었다. 그냥 답답해서 나선 길이었다. 그런데 공교롭게도 찬영이네 집 앞에서 지난번 보았던 여자아이를 만났다. 손에 책을 들고 계단을 내려오는 여자아이의 얼굴이 가로등에 비쳐 알아볼 수 있었다.

"안녕하세요?"

나도 모르게 인사를 건넸다. 여자아이는 여전히 떨떠름한 표정이었으나, 무슨 일이냐며 반응을 보였다.

"이 집에 사는 찬영이를 만나러 왔는데요."

아까 낮에 잠깐 만났잖아요, 라는 말은 쉽게 나오지 않았다. 아무 말도 주고받은 게 없다면 만났다고 말할 수는 없을 것 같았다. 다행히 여자아이가 이렇게 나왔다.

"옥탑방 찬영이? 방금 나갔는데."

"아."

그때야 나는 알았다. 내가 여자아이에게 듣고 싶었던 말은 찬영이가 누구인지 모른다는 말이었음을. 거짓말쟁이. 내가 기대했던 찬영이의 모습이었는지도 모른다. 나는 찬영이가 했던 말들, 지금까지 찬영이와 나 사이에 일어났던 모든 일이 거짓말이기를 바랐다. 아니 찬영이라는 존재 자체가 거짓말이었으면 했다. 내가 어색하게 서 있자 여자아이가 손으로 어딘가를 가리켰다.

"찬영이 형이 요 앞 편의점에서 아르바이트하던데 거기 갔나 봐. 전화해 보던가. 아니면 편의점으로 가 봐도 되고."

"감사합니다."

꾸벅 인사를 건네고 골목을 걸어 내려오자마자 익숙한 편의점 간판이 눈에 띄었다. 김찬대가 일하는 곳이 거기가 맞는지 고민할 필요는 없어졌다. 찬영이가 불빛이 휘황한 편의점 바깥에 서서 안을 들여다보고 있었기 때문이다. 이상한 것은 몰래 엿보는 것 같다는 느낌이었다. 들키지 않으려고 몸을 숨기고 있는 게 분명해 보였다. 나는 망설이다가 찬영이에게 다가가 등을 툭 쳤다.

"뭐 하냐?"

"어, 형. 안녕하세요?"

여전히 공손한 말투에 깍듯한 표정이었다. 목소리를 낮추는 것 같지는 않았다. 저기서 일하는 분이 너희 형이냐며 단도직입적으로 물어보려는데 찬영이가 선수를 쳤다.

"저 안에 우리 형이 있어요. 몰래 보기만 하고 들어가려고요."

"왜?"

"한 시간 전에도 나왔었거든요. 또 나온 걸 알면 형이 걱정해요."

찬영이는 아쉬워하면서 집 쪽으로 발걸음을 옮겼고 나는 하릴없이 따라갔다.

우리 형이에요

　나는 찬영이와 몇 마디 대화를 더 나눈 뒤 집으로 돌아왔으나, 궁금증이 풀리거나 속이 시원해지기는커녕 시름이 늘어난 느낌이었다.

　"저 안에 우리 형이 있어요."

　처음에는 그 한마디가 나를 헷갈리게 했다. 편의점 안에 있는 사람을 형이라고 소개하는 것은 형의 전화번호를 알려주는 것과 다를 바 없는 행위였다. 엄마가 형 전화번호를 불러 달라고 했을 때는 그토록 버티지 않았던가. 그 때문에 찬영이의 형이 조폭이나 그보다 더 무지막지한 사람일는지 모른다고 상상할 수밖에 없었다. 그런데 알고 봤더니 그것은 찬영이의 형 바라기 교향곡 중 제1악장 같았다. 찬영이는 청바지 주머니에서 휴대 전화를 꺼내 터치하더니 화면을 내 코앞으로 들이밀었다.

"우리 형이에요."

찬영이와 찬영이의 형이 어깨동무하고 서 있는 모습이 녀석의 휴대 전화 배경 화면으로 나타났다. 나이 차도 많았지만, 얼굴이 전혀 닮지 않아서 미리 말해 주지 않으면 두 사람이 형제라는 사실을 알아볼 사람은 없을 것 같았다. 찬영이는 덩치가 크고 얼굴이 서글서글한 호감형인데 반해 찬영이의 형 김찬대는 체격이 왜소하고 갸름한 얼굴에다 눈빛은 날카로웠다. 특히 화면으로 눈 부위를 확대했을 때는 까칠해 보이는 인상 때문에 부담스러운 느낌마저 일었다.

내가 별다른 평가를 하지 않았기 때문일까. 급기야 찬영이는 휴대 전화 화면을 열더니 사진 보관함으로 들어갔고 이것저것 터치하고 확대하면서 연신 내 앞으로 김찬대의 얼굴 사진을 들이밀었다. 나는 사진을 자세히 들여다보고 싶은 마음이 전혀 없었다. 찬영이 형의 얼굴에서 눈이 감동적인지 코가 감동적인지 알고 싶지 않았고 알 필요도 없었다. 각각의 사진마다 어떤 이야기가 숨어 있는지 따위에는 더더욱 관심이 없었다. 그런데 찬영이는 사진을 자꾸자꾸 보여 주면서 내 의견을 듣고 싶어 하는 듯했다. 잘생겼는지, 멋있는지, 아니면 형이 있어 부러운지 아닌지 같은 것, 하다못해 사람이 좋아 보인다는 품평이라도 꼭 들으려는 것 같았다.

어느 순간 나는 찬영이에게 된통 쏘아붙이고 싶어 견딜 수 없는 지경에 이르렀다.

'너, 우리 학교 1학년 학생들을 반별로 배열해 놓고 수작을 부리면서 나를 추격하더니 지금 뭐 하자는 거야. 너희 형을 소개하기 위해 나를 만나려고 했다는 것은 알겠어. 어렸을 때 나는 킥보드를 타고 겁 없이 까불었고 너희 형의 앞길을 가로막았지. 그래서 뭐? 지금 와서 어쩌라는 건데?'

이가 갈리고 울화가 치밀었다. 경찰에 신고라도 하라고 소리치고 싶었지만, 그것이 나 하나로 끝날 문제가 아니라는 사실 앞에서는 고개가 꺾였다. 정말 그럴까 봐 겁이 나는 것도 사실이었다.

그때 찬영이가 말했다.

"우리 형 어렸을 때 사진도 보여 드릴까요?"

"아니, 괜찮아."

가만히 두면 형 바라기 교향곡이 언제까지 이어질지 몰라 나는 재빨리 손사래를 치며 사양했다. 그것만이 그 순간의 내 감정을 표현할 유일한 방법이었다. 이후 찬영이는 자기 형이 공부를 얼마나 잘했는지에 대한 이야기로 화제를 돌렸다. 공부를 잘했으나 부모님이 돌아가시는 바람에 고등학교마저 그만두어야 했고 검정고시를 통해 겨우 학력을 인정받을 수 있었다는 것이다. 만약 찬영이 형제가 나와 전혀 상관이 없었다면 감동이 일어날 수도 있었겠지만, 지금은 아니었다. 내게 더 큰 죄책감을 자극하려는 의도로 들렸다. 결국, 나는 전의를 상실했고 엄마 심부름 차 나왔다고 핑계를 댄 뒤 집으로 돌아왔다.

찬영이를 만났고 김찬대가 가까운 곳에 있는 편의점에서 일하더라는 소식을 전하자 아빠가 정확한 위치를 물어본 뒤 이렇게 말했다.

"그냥 초등학생이 앞뒤 없이 행동한 건데 우리가 너무 과민 반응하는 것일 수도 있어."

"그게 사실이라면 얼마나 좋을까."

엄마가 한숨을 쉬었다.

"방송 시간이 한 시간 남았어. 얼른 준비하자."

내 방으로 돌아와 숙제를 마친 뒤 학교 준비물과 가방을 챙기고 다시 거실로 나갔더니 엄마 아빠는 응원 문구가 적힌 티셔츠를 입고 파인애플 선글라스에 스프링 머리띠까지 하고 있었다. 우중충한 집안 분위기가 조금은 살아나는 것 같았으나, 어딘지 역부족이라는 것을 엄마 아빠의 표정이 보여 주고 있었다. 나는 말없이 "장하다, 장은진"이라고 써진 어깨띠를 두르고 금붕어 머리띠를 착용했다.

방송이 시작되자 사회자가 최종 우승자가 가져갈 상품이며 혜택을 설명했고, 곧이어 참가자들의 얼굴과 번호가 소개되었다. 카메라는 참가자들의 프로필 사진과 현재의 표정, 번호를 두루 비추었다. 누나는 몸 상태가 좋아 보였고 손가락으로 기호 7번을 표시해 보여 주면서 윙크를 날렸다. 붕대는 감고 있지 않았으며 다친 팔로 인해 고통을 받는 것 같지도 않아서 다행이었다.

누나 얼굴이 거듭 보였을 때 엄마 아빠와 나는 동시에 장은진을 외쳤고, 장은진의 이름을 문자로 보내 투표를 끝냈다. 친척 중에는 응원 장면을 동영상으로 찍어 보내거나 문자 투표한 것을 화면으로 캡처해 보내오는 사람이 있었고, 간간이 한두 시간 전에 통화했던 사람들과의 짧은 통화가 이어졌다. 가까운 친척 중에는 연락이 전혀 없는 사람들도 있었는데 엄마는 한 사람 한 사람 이름을 읊으며 표를 계산했고 서운한 감정을 표출하다가 아빠에게 그만하라는 핀잔을 들었다. 모두 돈 탓에 멀어지거나 사이가 틀어진 사람들이었다. 그 사람들이 지금 티브이를 보고 있는지, 다른 가수를 응원하고 있는 것은 아닌지 나 역시 걱정이 되었다.

"첫 번째 참가자를 소개하겠습니다. 기호 3번 김영찬 씨입니다. 박수로 환영해 주십시오."

대전에서 소방관으로 근무하고 있다는 김영찬 씨의 이력을 사회자가 다시 한번 언급하자 곧바로 음악이 흘러나왔다. 첫 번째 참가자여서 그런지 전혀 떨지 않았고 노래도 잘 부르는 것 같았다. 점수까지 높게 나오자 엄마가 허탈해하면서 아쉬움을 표했다.

내 휴대 전화로도 연신 문자가 들어오고 있었다. 별로 친하지 않은 반 친구들이 대다수지만 누군지 모르는 이들의 번호도 많았다. 하나 같이 응원하는 내용이어서 그나마 힘이 났으나, 수찬이의 이름이 없다는 점이 마음에 걸렸다. 아는 이름에만 일일이 답하지 않을 수 없었기에 성의껏 답하고 화면을 껐으나 곧 다시 열었다. 수찬이에게 전화를 걸어 "뭐 하냐, 방송 안 보냐?" 물었더니 대답이 이랬다.

"자려고 누워서 블루핑크 노래 듣고 있어. '히츄위댓 뚜두뚜두 히츄위댓 뚜두뚜두~' 죽이지 않냐? 진짜 노래 잘해. 발음만 해도 그래. 어떻게 자음과 모음을 이렇게 샅샅이 다 건드려가며 부드럽게 발음하냐. 악기로 따지면 성능이 타의 추종을 불허한다. 감탄하면서 듣다 보니 자려고 누웠는데 오히려 잠이 달아난다."

　'헐. 재수 없는 자식. 자타 공인 장도진의 절친이라는 놈이 가족들까지 끌어들여 문자 투표에 나서도 모자랄 판에 지금 블루핑크를 듣는다며 나를 약 올려? 친구도 아닌 자식. 다시는 연락하나 봐라.'

　전화를 그냥 끊기에는 너무 아쉬워 치명적인 한 방을 쏘아 주겠다고 별렀지만, 마땅한 한마디가 생각나지 않았다. 겨우 한다는 말이 "문자 투표는 꼭 해라. 캡처해서 인증 꼭 보내고. 안 그럼 우리 누나한테 이른다."는 것이었다. 효과가 없을 수는 없었다. 기세등등하던 수찬이가 "보고."라고 대답했다. 나한테는 재수 없게 굴다가도 눈앞에 장은진만 나타나면 표정은 물론 태도까지 바뀌는 녀석이었다. 길에서 찐득한 에너지 바를 먹고 있는데 누나가 나타나자 그것을 통째 주머니에 집어넣고 시치미를 뗀 게 불과 열흘 전이었다. 나는 끊는다는 말도 하지 않은 채 종료 스위치를 눌렀다. 그러다가 문자 목록에서 김찬영의 이름을 보았다. 확인했더니 내가 아는 그 김찬영이었다.

**　참가자들 중에 장은진 누나가 제일 예쁜 것 같아요.**

　화면을 열었더니 딱 그 한 줄이었다. "휴." 잠시 수찬이보다

낫다고 생각했다. 안도의 한숨을 내쉬면서 고맙다고 답을 보냈으나, 휴대 전화를 닫았는데도 티브이에 집중할 수가 없었다. 사실 지금 필요한 것은 누가 제일 예쁘냐가 아니라 누가 제일 노래를 잘 부르느냐 아닐까. 시청자의 문자 투표가 당락의 중요한 변수이니만큼 찬영이의 표심이 궁금했으나 차마 응원을 부탁한다고 말하기는 어려웠다. 찬영이에 이어 김찬대까지 응원해 준다면 더 바랄 것이 없겠지만 그러기에는 두 사람 모두 머나먼 이웃이었다. 해코지나 하지 않으면 다행이었다. 찬영이는 문자를 더 보내지 않았다.

순식간에 누나 차례가 되었다. 무대를 준비하는 과정이 영상으로 소개되었다. 무대에 올라 노래를 부르기 직전에는 이런 말을 했다.

"부모님이 없는 살림에 지금까지 저를 뒷바라지해 주시느라 고생이 많으셨거든요. 엄마 아빠, 그리고 세상에서 제일 착한 제 동생 장도진, 모두 모두 사랑합니다."

누나가 양팔을 머리 위로 둥글게 올려 하트를 만들자 내 가슴이 뭉클했다. 이 순간의 이 기분을 잊고 싶지 않았고 누나가 가수로 성공하는 것을 볼 수만 있다면 나 따위는 어떻게 되든 상관없다는 생각이 들었다.

장은진의 무대는 성공적이었다. 정통 트로트를 깊이 있게 소화했다며 심사 위원들도 칭찬을 아끼지 않았다. 속으로 생각했다.

'수찬이 자식, 이 장면을 보지 못했다면 저만 손해 아닌가.'

엄마 아빠는 연신 눈물을 훔쳤다. 아빠가 눈물을 흘리는 장면을 태어나 처음 본 나로서는 감회가 색달랐다. 이렇게 착하고 선한 사람들이 더는 상처받아서는 안 된다는 생각이 내 안에서 강렬하게 끓어올랐다. 그래서일까. 행복한 기분은 들지 않았다. 마음 한 곳이 허전하면서도 아팠다.

나는 내 불안의 근원지를 확인하기라도 하듯 인별그램에 들어가 찬영이의 계정을 슬쩍 살폈다. 5분 전에 올라온 글이 있었는데 대번에 시선을 압도하고도 남았다.

🔘 어떤 누나와 어떤 형.

그것이 제목이었고 사진은 첨부되지 않았다. 나는 얼른 휴대 전화를 덮어 버렸다. 가슴이 쿵쾅거려서 가만히 앉아 있을 수 없었다. 마침 다른 참가자가 노래하는 타이밍이어서 나는 화장실로 들어가 찬물로 얼굴을 헹구었다. 그러고는 휴대 전화를 열고 게시 글을 읽기 위해 찬영이의 계정으로 들어갔다. 그런데 5분도 안 되는 그사이 사진 한 장이 첨부되어 있었다. 깁스하고 있는 김찬대의 사진이었다.

형 김찬대가 공무원이 될 기회를 어떻게 잃게 되었는지가 꽤 긴 내용으로 소개되어 있었다. 찬영이가 올린 게시 글 내용은 다음과 같다.

부모님이 갑작스럽게 돌아가시고 난 뒤 우리는 살던 집마저 비워 줘야 할 처지에 놓여 친척 집으로 찾아갔으나 별다른 도움을 받지 못했다. 형과 나는 한동안 사우나에서 먹고 자고 한 적도 있었다. 그때 사우나 사장님이 복지센터에 연락해 지원을 받으라는 이야기를 들려주었지만, 처음에는 우리와는 상관없다고 생각해 귀담아듣지 않았다. 이후 고시원에서 잠깐 살다가 월세 이십만 원짜리 반지하 방에서 살며 겨우 숨을 돌리려는데 교통사고가 났다. 형은 아르바이트하면서 고등학교 검정고시를 마치고 공무원 시험을 준비하고 있었다. 하지만 시험을 보러 가던 날 교통사고가 났고 빚까지 떠안는 바람에 다시 아르바이트에 나설 수밖에 없었다. 그래도 이때는 도와주려는 사람들이 많았다. 복지센터에 찾아가 보라는 권유를 다시 한번 받아 동사무소에 갔고 직원의 권유로 부모님 사망 신고를 하고 나서야 우리는 겨우 서울시의 지원을 받아

옥탑방으로 이사할 수 있었다. 형은 이미 스무 살이 넘었지만, 나는 아직 초등학생이었기에 그나마 혜택을 받을 수 있었다고 한다. 덕분에 나는 저녁 늦게까지 혼자 있어야 한다. 혼자 밥 먹고 혼자 잠들어야 하지만 잘 참아내고 있다. 지금은 티브이로 유명 오디션 프로그램을 보는 중이다. 세상에는 노래 잘하는 누나와 형들이 정말 많다. 어떤 누나는 예쁘고 어떤 형들은 잘생겼다. 심지어는 우리 동네 사는 누나도 이 프로에 나왔다. 누가 오늘 무대의 주인공이 되고 내일의 가수가 될지 아무도 모른다. 나는 아직 응원할 가수를 정하지 못해 문자 투표를 하지 못했다. 모든 가수 노래를 다 들어보고 나서 결정할 생각이다.

"휴~." 읽고 보니 안심이 되면서도 약이 올랐다.

'장은진한테 투표해? 찍어 줄까, 말까?'

마치 그러는 것 같았다. 그 글에 실시간으로 댓글이 붙고 있었다. 누구누구에게 투표했다는 인증 사진이 꽤 올라오고 있었는데 장은진이 밀리고 있지는 않았으나 일등은 아니었다. 다른 참가자에게 투표한 사람들이 꽤 많았다. 초등학생이면 그런 프로그램 보지 말고 빨리 자야 한다는 내용도 있었지만 진지한 목소리는 아니었다.

오디션 프로그램에 출연한 동네 누나가 누구냐는 내용에 찬영이는 답하지 않았지만, 같은 학교 친구인 듯한 다른 학생이 장은진의 이름을 언급하자 장은진에 대한 댓글이 늘어났다. 별일 아니었고 어쩌면 장은진에게 유리할 수 있는 상황이었으나 왠지 모르게 가슴이 덜컥 내려앉았다. 두려움 때문인 것 같았다.

나는 알 수 있었다. 찬영이가 복수를 위한 완벽한 세팅을 끝냈다는 것을 말이다. 이제 발설만 하면 된다. 연결만 하면 되는 문제였다.

'시험 보러 가던 김찬대의 발을 묶은 것이 장은진의 가족이고, 그때 받은 피해 보상금 200만 원으로 장은진을 소망 음악 학원에 등록시켜 가수로 키웠다는 사실이 언급되면 네티즌들은 난리가 나겠지? 게다가 오늘 누나는 세상에서 제일 착한 내 동생 장도진이라고 하지 않았는가. 실은 그 동생이 착한 게 아니라 교통사고를 위장해 어른들에게 돈을 뜯어낸 전력이 있다면? 그렇게 당한 어른 중 한 명이 찬영이의 형이라는 사실이 밝혀진다면?'

나는 머리를 쥐어뜯으면서 소리를 질렀다. 곤충 한 마리가 거미줄에 걸려 버둥거리고 있었다. 나는 아니라고 생각하고 싶었지만 이미 피가 마르고 있었다. 나는 피가 말라 죽어도 괜찮으나 누나는 무사했으면 했다.

'어떻게 해야 추락을 막을 수 있을까.'

김찬영과 김찬대가 원하는 것은 무엇일까. 불현듯 아빠가 아니라 나야말로 김찬대를 만나봐야 한다는 생각이 들었다. 그가 무슨 생각을 하고 있는지 알아내지 않으면 우리 가족에게 감당할 수 없는 일이 벌어질 수도 있었다.

거미줄에 걸린 아기 벌

다음 날, 학교에서 나의 인기는 하늘을 찌를 듯했다. 티브이에서 노래를 부른 것은 내가 아니었지만, 장은진과 장도진을 동일시하는 아이들은 마치 내가 노래를 부른 것처럼 대우하면서 칭찬하고 부러워하고 추앙했다. 평소에 나와는 눈도 마주친 적이 없던 신정아나 박세인마저 내 쪽을 흘금거렸고 우호적인 눈빛을 보냈다. 하지만 더는 철부지가 아닌 나로서는 마냥 즐겁지만은 않았다. 그토록 강렬한 환호가 어느 순간 적대와 혐오로 변할 수 있다고 계산할 수밖에 없었다.

앞자리 현수가 자꾸 재촉했다.

"사인은 언제 받아 줄 거야?"

"내 이름 꼭 넣어야 하는 거 알지?"

정말 고민거리였다. 지금은 장은진의 사인을 받아 주면 돈이라도 낼 것처럼 굴지만 여차하면 사인을 짓밟고 침을 뱉을 수도 있었다. 인기가 많아질수록 내 안에서 높아지는 것은 행복 지수가 아니라 불안감이었다.

'그래도 사인은 받아 줘야겠지.'

나는 현수를 향해 고개를 끄덕였다.

누나는 새벽 3시에 집으로 돌아왔다. 2~3일간 학교에 출석한 뒤 다시 숙소로 들어가게 되어 있었으므로 사인을 받는다면 오늘이나 내일이 적당했으나 입이 떨어지지 않았다. 누나는 피곤해하면서도 잠이 오지 않는다며 날이 밝을 때까지 집 안을 들쑤시고 다녔기에 쉽게 말을 붙일 분위기가 아니었다. 무대는 서기도 어렵지만, 내려올 때는 블랙홀을 빠져나오는 것 이상으로 힘이 드는 것 같았다. 어쩌면 그곳을 빠져나와 일상으로 돌아오고 싶지 않은 것일는지 모른다는 생각이 들 정도로 누나는 다른 세상에서 다른 일을 겪으며 다른 인생을 사는 사람 같았다. 무대에서 노래하고 온 날은 가족 누구와도 말하고 싶어 하지 않았지만, 가족들이 자기 방으로 들어가 문을 닫는 것을 바라지도 않았다. 물을 마시다가 냉커피를 만들어 달라고 하는가 하면 다시 버리고 뜨거운 커피를 요구하기도 하면서 변덕을 부렸다. 덕분에 우리 가족은 뜬눈으로 밤을 보냈다.

학원을 마치고 집으로 가기 전에 김찬대가 근무하는 편의점으로 향했다. 아빠에게 김찬대를 만나봤느냐고 물었더니 "아직. 오늘은 좀 바빴거든." 하고 답했다. 말이 그렇지 200만 원을 구하지 못했기 때문일는지 모른다고 생각하지 않을 수 없었다. 게다가 200만 원을 언제 마련할 수 있을지는 모른다고 했다. 그러니 답답한 마음에 하릴없이 편의점 앞으로 걸음을 옮겼다.

밖에서 안을 들여다봤더니 김찬대 혼자였고, 전화 통화를 하고 있었다. 심각한 표정이 아닌 것으로 보아 찬영이나 가까운 친구와 통화한다고 생각하여 조금 기다린 뒤 안으로 들어갈 요량이었다. 그런데 그때 찬영이가 등 뒤에서 나타났다.

"뭐 사러 오셨어요?"

"깜짝이야."

우선 불쾌감이 들었다. 혹시 의도적인가. 그런 생각을 하지 않을 수 없었다. 물론 그럴 리가 없다는 것은 알고 있었다. 찬영이가 안을 들여다보고 있을 때 내가 나타나 말을 걸었듯이 그 반대도 얼마든지 가능했다. 하지만 뭐 살 거냐고 묻는 것은 너무 밉상스러운 짓이었다. 그냥 집으로 가도 되는데 편의점 안으로 들어갈 수밖에 없도록 부추기는 소리였다. 찬영이는 문을 열어 주더니 재촉하듯 나를 안으로 떠밀었다.

"먼저 들어가세요."

찬영이는 안으로 들어가자마자 김찬대에게 달려갔고, 김찬대는 또 나왔느냐며 찬영이를 부드럽게 나무랐다. 내가 물건을 고르는 척하는 사이 찬영이는 김찬대에게 이렇게 말했다.

"전기세가 나와서 형에게 보여 주려고."

그러면서 고지서로 보이는 종이를 내밀었다. 김찬대는 받기는 하였으나 고지서를 쓱 한 번 훑어보았을 뿐 자세히 확인하지도 않은 채 주머니에 집어넣었다. 고지서는 핑계일 뿐이라고 생각하는 눈치였다. 나는 초조한 기분으로 찬영이의 다음 반응을 기다렸다. 김찬대에게 나를 소개할 것인지, 소개한다면 어떤 형식을 취할 것인지 궁금했다. 형에게 나를 먼저 소개한다면 뭐라고 할 것이며, 반대로 나에게 형을 소개한다면 또 뭐라고 할 것인가. 찬영이는 후자의 방식을 택했다. 나를 쳐다보면서 김찬대를 가리켰다.

"우리 형이에요."

그러자 너무나 당연하게도 김찬대가 나에게 누구냐고 물었다. 부드럽게 웃고 있었으나 워낙 부드러운 인상과는 거리가 멀었던지라 나는 눈을 마주치기가 어려울 정도로 부담이 되었다. 아니, 솔직히 말하면 그의 인상이 문제는 아니었다. 그가 나를 알아보지 않을까. 혹은 이미 알고 있지 않을까, 하는 것 때문에 가슴이 두근거렸다. 나는 김찬대에게 킥보드 사고를 냈을 때보다 키가 30cm 이상 자랐고 동글동글하던 얼굴형도 갸름하게 변했다. 그는 나를 알아보지 못할 것이다. 하지만 장도진이라는 이름을 그는 잊지 않고 있을 가능성이 컸다. 아직 스무 살도 안 된 나인데, 누군가 나의 이름을 곱씹으며 이를 갈고 있다고 상상하면 가슴에 서늘한 비수가 날아와 꽂히는 느낌이었다. 찬영이의 설명에 의하면 그는 3년 전의 사건을 계기로 꿈을 접어야 했다.

찬영이는 곤란할 수도 있는 상황을 세련되게 넘기고 있었다.

"우리 형한테 인사하세요."

나에 대한 소개를 나에게 맡기고 저는 뒤로 빠진 셈이다. 심지어는 나의 이름조차 말해 주지 않았다.

"안녕하세요?"

나는 계산대 바로 앞으로 다가가 그렇게 운을 떼었으나, 목이 메어서 더는 아무 말도 나오지 않았다. 나는 내가 거미줄에 걸려 버둥거리는 불쌍한 벌이라고 느꼈다. 벌은 벌인데 독침 같은 것은 가져본 적도 없는 아기 벌이었다.

"저는… 장도진이라고 합니다."

"어, 그런데 우리 찬영이는 어떻게? 혹시 학교 선배?"

"아, 아닙니다. 저는 명진 초등학교 나왔습니다."

"그럼?"

잠시 침묵이 흘렀는데 그 순간 나는 알 수 있었다. 김찬대는 아무것도 모른다. 나는 시선을 내리깔고 있어 김찬대의 표정을 정확히 읽어내지는 못했지만, 그의 목소리에는 어느 정도 정보가 담겨 있었다. 그는 도미노 소년 사건의 밑그림과는 상관없는 인물로 보였다. 그리고 또한 알 수 있었다. 거미줄을 만든 것도, 나를 그 안으로 유인한 것도 그 애라는 사실을 말이다. 어쨌거나 나를 내려다보고 있는 것은 거미 녀석의 형이었고, 나에게는 나를 소개할 의무만이 남아 있었다. 도망갈 길은 보이지 않았다.

"저는……."

마침 그때 구세주가 나타났다. 이십 대 초반으로 보이는 여자가 가판대에서 비빔밥 도시락을 집어 들고 계산대 앞으로 다가오는 바람에 나는 잠시 김찬대의 시선에서 놓여날 수 있었다. 곧이어 컵라면과 담배를 사려는 손님도 있었으나 이상하게도 계산은 순식간에 끝나고 나는 다시 김찬대 앞에 나를 노출한 채 서 있었다. 나는 조금 전보다 더 어색했으며 도망치고 싶은 마음이 높아져 있었는데 그 순간 김찬대가 아이스크림을 가져와 계산한 뒤 건네주지 않았다면 어떻게든 그 편의점을 나오고 말았을 것이다.

"찬영이랑 저기 앉아서 먹고 있을래?"

김찬대가 손님용 의자를 가리켰다. 마치 잠시 전에 인사를 주고받던 상황이었음을 까맣게 잊은 사람 같았다. 찬영이와 나는 손님용 테이블에 앉아 아이스크림 봉지를 뜯었다. 공교롭게도 내가 좋아하는 녹차 아이스크림이었지만 단맛을 느끼기는 힘들었다. 찬영이와 다정하게 마주 앉아 아이스크림을 빠는 것도 내가 원하는 그림은 아니었다.

그 뒤로 몇몇 손님이 더 계산한 뒤 가게가 한산해지자 김찬대가 우리가 앉아 있는 곳으로 다가왔다. 이미 아이스크림을 다 먹은 찬영이는 아이스크림 봉지와 스틱을 쓰레기통에 버리고 왔고 테이블에 묻은 얼룩도 닦아냈다. 김찬대는 찬영이에게 숙제는 다 했는지 물었고 찬영이는 이미 학교에서 다 했다며 자랑했다. 어떻게든 오늘은 나를 형에게 소개하고야 말겠다고 결심이라도 한 것일까. 찬영이가 재빨리 일어나 타이밍을 잡았다. 그런데 찬영이가 나를 소개한 내용은 내 예상에서 벗어난 것이었다.

"형. 얼마 전에 내가 킥보드 타고 놀다가 이 형의 누나를 들이받았어. 그 누나가 누군가 하면 장은진이라는 노래 잘하는 누나야. 내가 말한 적 있지? 요즘 오디션 프로그램에 나와 유명해진 우리 동네 누나."

"네가 킥보드를 타다가 그 누나를 박았다는 거야?"

"응."

"아니, 어쩌다가…… 그걸 왜 지금 말하는 건데?"

김찬대의 목소리가 높아졌기에 나는 움찔 놀라며 두 걸음 뒤로 물러났다. 하지만 더 후퇴할 수는 없었다. 김찬대가 나를 향해 이렇게 물었기 때문이다.

"그러니까 찬영이 네가 이 친구의 누나에게 교통사고를 냈다는 거야? 어디를 얼마나 다쳤어? 누나는 괜찮아?"

김찬대가 당황한 시선으로 나를 쳐다보았기에 나 역시 쫓기듯 털어놓았다.

"네. 그냥 약간 붕대만 감았다가……."

"붕대? 그럼 다쳤다는 거네. 찬영이 너 어쩌다가 그런 사고를 낸 거야? 안 되겠다. 내가 학생 누나를 직접 만나봐야겠네. 부모님도 만나보고."

"그게……."

나는 다시 두 걸음 앞으로 나갔다. 더는 바보가 되기 싫었다. 나를 놀리는 사람이 있는지 없는지는 모르겠지만 심하게

놀림을 당하고 있는 느낌이었다. 나를 조롱하고 있는 것은 누구인가. 혹시 나 자신은 아닐까.

최소한 초등학생인 찬영이보다 못한 사람이 되어서는 안 되겠다는 생각이 들었다. 찬영이는 자기 잘못에 대한 책임을 지기 시작했지만 나는 아니었다. 엄마를 핑계 삼아, 부모님 등 뒤에 숨어 나 몰라라 해 왔다. 사실 찬영이의 의도가 무엇인지는 중요한 게 아니었다. 고등학생이나 되어 내 인생의 주도권을 잃고 쫓기고 떠밀리는 사람이 된다는 것은 너무 창피한 노릇이었다. 중요한 것은 내가 지금 여기서 무엇을 할 때 3년 전 그 소년의 멍에를 벗을 수 있느냐가 아닐까. 단순히 장은진의 인기 때문은 아니었다. 과거에 저지른 잘못의 인과응보가 무서워 사과하는 사람이 되고 싶지는 않았다. 나는 한 번도 내 미래를 포기한 적이 없었다. 스무 살이 되기도 전에 이번 생은 망했다고 선언할 수는 없었다. 나는 위태로워져 가고 있는 나의 이번 생을 구하고 싶었다. 방법은 김찬대에게 내가 누군지부터 직접 밝히고 사과하는 것이었다.

"제가 누군가 하면요……. 3년 전에 찬영이 형님께 킥보드 사고를 냈던 그 학생입니다. 너무 늦었지만 죄송하다고 말씀드립니다. 정말 죄송합니다."

그러고는 용기를 내어 고개를 들고 김찬대를 바라보았다.

이번 생을 망하게 둘 수는 없어

　집으로 갔더니 휴대 전화로 전화 통화를 하던 아빠가 나에게 손짓을 보냈다. 칼국수를 먹다가 전화를 받은 모양인지 먹다 남은 칼국수가 식탁에서 불어가고 있었다. 새벽에 들어온 누나는 방에서 자고 있다고 했다. 나는 그릇에 걸쳐져 있던 젓가락을 이용해 칼국수 안에 든 감자를 집어 입에 넣었다. 푹 익어서 그런지 목구멍 안으로 저절로 넘어갔고 식욕을 부추기는 것 같았다.

　"찬영이 형한테서 전화가 왔다."

　엄마가 다가와 하는 소리에 와락 긴장되어 젓가락을 내려놓았다. 내가 집으로 걸어오는 사이 김찬대가 아빠에게 전화를 건 것이다.

"지금은 좀 정신이 없고. 내가 나중에 전화할게."

그러면서 김찬대는 날 더러 그만 집으로 가 보라고 했다. 3년 전 사고에 대한 나의 사과를 받아들인 것인지 아닌지는 모호했다. 그것조차 나중에 이야기하자고 하는 것 같더니 그 사이에 무슨 생각을 했기에 아빠에게 전화를 건 것일까. 내게는 그저 정신이 없다고 했던 그의 말만이 무겁게 저장되어 버렸는데 말이다.

나는 식탁 의자에 앉아 김찬대와 통화하는 아빠를 지켜보았다. 아빠는 딸은 별로 다치지 않았으니 걱정하지 말라고 하면서도 해야 할 말은 다 하고 있었다. 킥보드를 탄 찬영이가 뒤에서 정통으로 들이받는 바람에 왼쪽 팔뚝 뼈에 금이 가 한 달가량 깁스하라는 진단을 받았으나, 오디션 프로그램에 나가기 위해 연습해야 하는 사정을 고려해 감았다가 풀기를 반복할 수 있는 붕대로 대체하고 있다는 이야기였다. 병원비가 얼마나 나왔는지는 말하지 않았다. 대신 그 때문에 받은 피해가 적지 않고 오디션에서도 불리해졌다, 이를테면 금전적인 것 이상의 손해를 보았다는 말을 두어 번 강조했다. 거기까지는 그럴 수 있었다. 오해를 없애려면 피해 상황을 정확히 전달할 필요가 있었다. 문제는 그다음이었던 것 같다. 어쩐지 아빠는 같은 말을 반복하고 있었다.

"일단 만나서 술이라도 한잔하면서 이야기나 나눕시다."

잠시 뒤에는 말이 이렇게 바뀌었다.

"잠깐이면 되는데. 한 시간 정도라도 만나서 이야기합시다."

다람쥐 쳇바퀴 돌듯이 대화가 진전이 없자 엄마가 일단은 전화를 끊으라는 신호를 보냈고 아빠는 못마땅한 표정으로 김찬대에게 양해를 구하고 전화를 끊었다. 엄마가 아빠의 화법을 지적했다.

"당신은 왜 남의 말을 안 들어?"

"그게 무슨 소리야?"

목소리가 커지자 누나까지 방에서 나왔다. 엄마는 열이 나는지 얼굴에 손부채를 부쳤다.

"김찬대가 시간이 안 된다고 하면 일단은 받아들여야지, 뭘 그렇게 말을 많이 해? 시간이 없다는 청년한테 술이나 한잔하자고 반복해 말하는 것은 좀 그렇지."

나는 엄마가 김찬대 편을 드는 것 같아 깜짝 놀랐다. 그렇게 몸을 낮추는 것은 지금까지와는 전혀 다른 생활 태도였다. 엄마 아빠는 사람들에게 상처받고 부당하게 빼앗긴 사람처럼 언제나 화가 나 있었고, 더는 상처받고 빼앗기지 않기 위해 남에게 상처 주고 빼앗는 일을 서슴지 않았다. 김찬대에게 한 것뿐 아니라 친척들에게 돈을 빌려 갚지 않는 것도 그동안 엄마 아빠가 궁지에 몰린 이유 중 하나였다. 나는 엄마가 마음을 바꾼 이유를 알 것 같았다. 엄마는 오직 누나의 성공에 다이얼을 맞추기 시작한 것 같았다. 그러자면 무엇을 하고 무엇을 하지 말아야 하는지 정해지는 것이다. 아빠가 일방적인 건 사실이었다. 하지만 자세히 들어보니 그럴 수밖에 없는 이유도 있었다.

"세상에 한 동네 살면서 잠깐 만나 이야기할 시간도 없는 사람이 있어? 그건 핑계지. 어떻게 사람이 그렇게 융통성이 없는지 몰라. 사과하든 돈을 물어내든 얼굴을 마주 보고 나서 해야 하는 건데 말이야."

나는 그게 무슨 말인지 이해를 했다. 아빠는 김찬대와 통화를 하면서도 3년 전 사건에 대해서는 언급하지 못한 채 누나가 다친 것만 이야기하는 자신이 못마땅한 것 같았다. 그렇다고 전화로 내가 바로 3년 전 그 사건 때 만났던 장도진의 아버지라고 털어놓기도 민망했던 것이다. 나는 재빨리 방금 편의점에 들러 김찬대를 만났고 내가 누구인지 밝히며 사과했다는 이야기를 전했다.

"그랬더니 뭐래?"

나는 그냥 별말이 없었다고 둘러댔다. 괜히 잘못 말했다가 언성이 높아지는 일은 만들고 싶지 않았다. 그러면서 나는 다시 한번 후회했다. "내 속으로 낳았으니 내 새끼는 내 거야. 네가 감히 내 것을 건드려?" 3년 전 그날, 그런 식으로 말하는 엄마 아빠에게 사건의 수습을 맡기는 게 아니었다. 차라리 내가 평소 하던 그대로 밀고 나갔더라면 사건의 파문을 훨씬 줄일 수 있었을 것이다. 나에게 잘못이 없다는 이야기는 아니다. 오히려 그 반대였다. 나의 잘못에 부모의 잘못이 얹히고, 잘못과 잘못이 더해져 커다란 악이 되었다. 내 뜻과는 상관없이 말이다.

"아빠, 상대방이 술 한잔하는 게 어렵다고 하면 그 말을 일단 믿어야 할 것 같아. 그래야 대화할 수 있잖아."

누나가 그렇게 엄마 편을 들고 나선 이유는 엄마가 자신의 미래를 위해 결단했다고 믿었기 때문일 것이다. 나는 동의한다는 뜻으로 얼른 고개를 끄덕였다. 누나도 나도 평소에 상대방의 말을 귀담아들은 적은 별로 없다. 남이 뭐라고 하면 무조건 불신하고 들어가야 속지 않을 수 있다고 생각했다는 점에서 누나와 나는 엄마 아빠와 다르지 않은 사람들이다. 차이가 있다면 우리는 요즘 시대가 요구하는 정답을 안다는 것이다. 정답은 인터넷상 여기저기나 책 같은데 적혀 있지만, 종

류가 너무 많았다. 그중에서 바른 것을 찾아내 상황에 맞게 사용하는 사람들은 많지 않다고 본다. 우리 가족은 지금 그 렇게 하려고 시도하고 있다.

"아빠는 아빠 기준으로 세상에 어떻게 술 한잔할 시간도 없냐고 할 수 있지만, 그 사람 처지에서는 우리가 모르는 이 유가 있을 수 있잖아. 어쩌면 그 사람은 우리를 만나지 않겠 다는 것이 아닐는지도 몰라. 다시 전화해서 그럼 어떻게 하면 좋겠는지 그 사람의 의견을 물어봤으면 좋겠어."

"맞아, 그게 좋겠어."

그렇게 말하고 나서 나는 이런 생각을 했다. 그동안 가난 하다는 이유로 아무렇게나 살던 한 가족이 누나의 티브이 출 연을 계기로 다시 일어나고 있다고 말이다. 갓 태어난 아이가 걸음마로 시작하듯이 우리 가족이 배워나가고 있는 것은 타 인에 대한 예의였다. 이번 생은 망했다고 생각하면 기본적인 예의를 지킬 필요가 없어지지만 가느다란 희망이라도 발견하 고 싶다면 타인을 예의 바르게 대우해야 한다. 그것은 사회 속에서 우리도 그렇게 대접받고 싶다는 뜻이기도 하다.

아빠는 다시 전화를 걸었고 김찬대의 이야기에 귀를 기울 이면서 협상이 시작되었다. 김찬대는 뵙고 나서 사과드려야 하는데 이번 주는 어렵고 나중에 반드시 찾아뵙겠다고 하면서 우선 치료비를 변상하고 싶다는 의견을 밝혔다고 한다. 괜찮다고 했더니 이렇게 말했다.

"우리 찬영이가 잘못이 자신에게 있다고 이야기하더군요. 제가 형이니까 사고 책임을 지겠습니다."

나는 그 말을 전해 듣고 싸한 느낌을 받았다. 3년 전 그 사건이 일어났을 때 나 역시 잘못은 나에게 있다고 생각했다. 김찬대에게 나는 이미 고백했다. 내가 3년 전 사건의 그 소년이라고 말이다. 하지만 김찬대는 천연덕스럽게 며칠 전의 장은진 사건과 그 사건의 책임에 대해서만 말하고 있었다. 자신이 3년 전 사건의 당사자라는 말은 은근히 숨긴 채 말이다. 김찬대는 무슨 꿍꿍이인가.

'꿍꿍이가 없을 수도 있잖아.'

내 안에서 누군가 신음을 냈다. 아빠에게 왜 상대방의 말을 의심부터 하느냐는 충고가 그대로 반사되어 나에게 돌아오는 순간이었다. 반사를 경험한 것은 나만이 아닌 것 같았다. 엄마 아빠가 서로를 마주 보면서 징그럽다는 듯 고개를 내저었다. 김찬대와 김찬영이 노린 것이 그와 같은 부끄러움이라면 그들은 100% 성공한 셈이다.

그때 통화를 하던 아빠가 갑자기 이렇게 물었다.

"오늘 자정에 말인가요?"

아빠가 휴대 전화 스피커 부분을 손으로 막더니 우리를 향해 물었다.

"찬영이 형이 이따가 자정쯤 집에 들러도 되냐고 묻는데?"

엄마는 펄쩍 뛰었다. 김찬대의 말을 잘 들어보라고 충고했던 누나도 마찬가지였다. 장은진은 내가 알던 철부지 누나의 모습으로 돌아온 것 같았다. 인상을 쓰면서 팔을 내저었다. 싫다는 의사 표현을 짜증으로 대신했다.

"내일이 토요일이긴 하지요."

아빠는 김찬대의 제안에 힘없이 반응하고 있었다. 김찬대는 내일은 아이들이 학교에 가는 날이 아니므로 괜찮다면 자정에라도 찾아뵙고 싶다고 한 모양이었으나 누나는 괜찮지 않다고 했다.

"그렇게까지 해야 해? 난 이제 팔도 안 아프고 멀쩡하단 말이야."

아빠는 안절부절못했다.

"그때가 편의점 교대 시간이고 토요일과 일요일은 다른 아르바이트로 시간 내기가 어렵다고 하네."

아빠가 수화기 입구를 틀어막고 다시 한번 김찬대의 말을 전했다. 엄마가 먼저 고개를 끄덕였다.

"오라고 해. 까짓것."

나도 재빨리 반응했다. 엄지와 검지를 말아 동그라미를 표시해 아빠에게 보여 주었다. 이 문제를 더는 미루기 싫었다. 밤 12시에 대환장 파티가 열리더라도 어쩔 수 없는 일이었다. 내 잘못을 있는 그대로 인정하는 방법이 그뿐이라면 어쩔 수 없이 받아들여야 한다는 생각이 들었다. 의견이 그쪽으로 모이자, 누나는 투덜거리며 자기 방으로 들어갔다. 하지만 곧 다시 나와 이렇게 말했다.

"사진 촬영 같은 건 절대 안 되는 거 알지?"

자정에 손님을 맞이해야 한다는 사실이 못마땅하기는 하지만 어쩔 수 없다고 생각하는 모양이었다.

나는 내 방으로 돌아와 가방을 내려놓고 옷을 갈아입은 뒤 엄마가 끓여 준 칼국수를 저녁으로 먹었다.

"이번 생을 망하게 둘 수는 없어."

뜨거운 칼국수를 삼키는데 울컥, 칼국수보다 더 뜨거운 것이 속에서 올라왔다.

엄마 너구리 도미노 게임

김찬대는 12시 정각에 우리 집 문을 두드렸다. 인터폰이 있었으나 시간을 고려해 가볍게 문을 두드린 듯한데 긴장한 채 그를 기다리던 우리 가족은 정확히 그 소리를 알아듣고는 동시에 몸을 일으켰다. 현관문이 열리자 어둡고 습한 여름의 밤공기가 김찬대를 따라 확 밀려 들어왔다. 찬영이는 편의점에서 가져온 듯한 음료수 상자 하나를 껴안은 채 김찬대 뒤에 서 있었다.

"이쪽으로 앉아요."

운동복에서 청바지로 갈아입고 나온 아빠는 매무새를 가다듬으며 낡은 소파로 김찬대를 안내해 앉으라고 했다. 찬영이는 식탁까지 걸어가 음료수 상자를 내려놓았고 김찬대는 어색한 표정으로 집을 둘러보았다. 잠시 뒤 소파로 다가와 나란히 앉은 두 형제는 딱 붙는 청바지가 옥죄는지 무릎 부위의 바지 천을 잡아당기거나 긁적였다.

김찬대가 고개를 숙이며 말했다.

"집이 아늑하고 따뜻한 느낌이네요. 늦은 시간에 결례를 범해 면목이 없습니다. 들어오도록 허락해 주셔서 감사드립니다."

"별말씀을요. 이렇게라도 만나서 반가워요."

엄마가 간단히 주스 잔 네 개를 들고 와 탁자 위에 내려놓더니 김찬대와 찬영이에게 하나씩 들고 마시라며 권했다.

"시원하네요."

"잘 마시겠습니다."

두 사람 모두 마시는 척 잔에 입을 댔으나 도로 내려놓았다. 김찬대는 누나가 어디를 얼마나 다쳤는지 확인하고 싶다고 했고, 누나는 아직도 멍이 다 가라앉지 않은 팔을 보여 주면서 구부렸다가 폈다를 반복했다. 엄마는 "아무래도 불편하죠. 특히 무대에서 춤을 추거나 동작을 할 때는 부담이 된다고 하네요. 팔을 돌리거나 짚는 게 불가능하다 보니."라고 하면서 보충 설명을 했다. 3년 전 우리 아들 장도진 때문에 당신이 크게 다쳤지만, 당신 동생 김찬영 때문에 우리 딸도 만만치 않게 다쳤다, 뭐 그런 내용을 전하려고 한 것 같았다. 김찬대는 몸을 반쯤 일으킨 채 거듭 사과했다. 엄마가 더 토를 달면 어쩌나 고민스러웠으나 그렇게 하지 않는 것을 보고 조용히 안도의 한숨을 내쉬었다.

누가, 누가 더 잘못했나. 누가, 누가 더 다쳤나. 만약 그런 식으로 공방이 오간다면 다른 사람은 몰라도 나는 견디기 어려웠을 것이다. 그렇게 이런저런 이야기를 나누다가 자연스레 김찬대의 아르바이트가 화제에 올랐다.

"이렇게 늦도록 일을 한 것이군요."

아빠는 의례적인 말을 한 것 같은데 김찬대가 기다렸다는 듯 자신이 하는 아르바이트를 일일이 언급해서 잠시 분위기가 산만해졌다. 그 자리에 앉아 있던 우리 가족 중에 김찬대가 하는 아르바이트 종류까지 세세히 알고 싶은 사람은 없었다. 그렇다고 그가 하는 말을 가로막기는 힘들었다. 우리 가족은 고개를 끄덕여가며 김찬대의 말을 조용히 듣고 있었다. 김찬대는 평일 새벽에는 왕십리로 출근해 채소를 포장하고 평일 오후 2시부터 자정까지는 편의점에서 아르바이트한다고 했다. 주말은 더 강행군이었다. 오전부터는 해장국 집 식당에서 6시간 서빙을 하고 오후부터 새벽 두 시까지는 택배

회사에서 물건을 분류하는 작업을 맡고 있다는 것이다. 그렇게 퇴근해 집으로 돌아와 두 시간가량 자고 월요일부터 왕십리 채소 시장으로 나가는 것이 김찬대의 주간 시간표였다.

'그러면 일주일에 도대체 얼마를 버는 거야?'

머릿속에서 지진처럼 일어나는 생각을 나는 얼른 털어버렸다. 그것은 약속과는 달리 행여 엄마가 누나의 치료비를 보상받겠다고 하면 어쩌나 하는 걱정으로 이어졌기 때문이다. 얼마나 그렇게 살아왔느냐고 물었더니 김찬대는 3년이라고 대답했다.

"하지만 이제 다 끝나 갑니다."

김찬대는 가볍고 낮은 어조로 말하며 어깨를 치켜올렸다. 잘난 척 과시하기보다는 분위기를 무겁게 하지 않으려는 의도로 여겨져 나도 모르게 가슴이 뭉클해졌다. 우리 가족은 집중력 있게 김찬대를 쳐다보고 있었다.

"다가오는 9월이면 저도 정상적인 생활로 돌아올 수 있을 것 같습니다. 제가 일을 많이 해서 그동안 우리 찬영이가 고생이 많았습니다. 밥 한 끼 제대로 해 먹인 적이 없고 늘 편의점 폐기 식품으로 끼니를 때워야 했지요. 그 바람에 이런 사고를 쳤는데도 솔직히 야단을 치지는 못했습니다. 하지만 다시는 그런 일이 없게 하겠다는 약속은 받았습니다. 정상 생활로 돌아오면 저도 잘 훈육하고 지도할 수 있을 것 같습니다."

그러면서 김찬대는 미소를 지었다. 아주 환하지는 않고 조금 환해진 표정이었다. 아빠는 어쩌면 젊은이가 말을 그렇게 곱게 하느냐며 김찬대를 칭찬해 주었다.

"그렇게 3년이나 일했단 말이에요? 무슨 연유인지는 모르겠으나 젊은 친구가 대단하네. 고생이 많았어요, 정말."

목소리에 물기가 서린 것으로 보아 아빠는 진심으로 감명받은 눈치였다. 엄마도 "아휴"라는 감탄사를 섞어가며 아줌마 특유의 인정스러움을 발휘했고 찬영이의 어깨를 도닥여 주었다. 나중에 그 장면을 돌이켜 보면 얼굴이 한없이 붉어지는 대목이었다. 우리 가족은 방심한 채 한 치 앞도 분간하지 못하고 있었다. 조금만 긴장감을 놓지 않았더라면 그렇게 3년을 일했단 말이에요? 라는 질문을 하기보다 궁금증을 먼저 가졌을 것이다. 왜 하필 3년이지. 3년이라는 말에 내 가슴이 떨리는 이유는 뭐지, 라면서. 어쨌거나 질문했으니 대답한다는 듯이 김찬대가 입을 열었다.

"빚을 갚아야 했거든요."

"빚을?"

그토록 순진하게 받아친 것은 아빠였고, 김찬대는 "어떻게 하다 보니 일이 그렇게 되었습니다."라고 대답하면서 우리 가족의 표정을 일일이 살펴보았다.

"제가 아직 세상 물정을 모르다 보니."

"그게 무슨?"

"조금만 똑똑했더라면 하지 않았을 고생을 했습니다. 아니, 남들에게 물어만 봤어도 도움을 받을 수 있었을 겁니다. 하지만 뭐, 이제 고생 다 끝났습니다."

빚이 얼마나 많았기에 그 고생을 한 것일까. 순간 나는 머릿속으로 김찬대가 일주일간 버는 돈을 계산해 보았다. 채소 포장과 편의점, 택배와 식당으로 나누어 보면 어림잡아도 한 달에 수백만 원을 벌 수 있었다. 그 돈을 빚 갚는 데 모두 쓰다니. 얼마나 아까웠을까. 보나 마나 부모로부터 받은 빚일 것이었다. 부모가 돌아가신 것도 서러운데 빚만 남기고 갔다면 원망스러움도 있지 않았을까.

나는 어쩔 수 없이 내가 일으킨 사고로 우리 가족이 받았던 200만 원을 떠올리지 않을 수 없었다. 그가 갚아야 할 빚 중에 우리 가족에게 송금한 200만 원도 포함되어 있다고 생각하면 마음이 좋지 않았다. 김찬대가 3년 동안 노예보다 더 가혹하게 일하며 갚은 빚은 어림잡아 수천만 원이 넘었을 텐데 거기에 200만 원까지 더해야 했다니. 하지만 곧 생각이 바뀌었고 나는 죄의식에서 빠져나왔다. 우리 가족에게 송금한 200만 원이 김찬대의 짐을 가중한 것은 사실이지만 그게 근본적인 원인은 아니었다. 수천만 원의 빚과 200만 원의 빚은 느낌부터가 달랐다. 김찬대는 운이 나빴던 것이다.

"참 안타깝네요. 부모님도 안 계신다고 들었는데."

"네. 아버지는 일찍 돌아가시고 어머니는 생사를 모릅니다."

찬영이와는 말이 달랐다. 부모님이 두 분 모두 돌아가셨다고 들었다 했더니 김찬대는 남들에게 그렇게 말하기는 하지만 사실은 그렇지 않다고 했다.

'아버지가 돌아가시고 어머니는 집을 나가신 건가.'

나는 그런 생각을 했지만 자세히 물어보기는 힘들었다. 김찬대는 자신이 조금만 더 똑똑했더라면, 이라는 말을 한 번 더 강조하더니 어머니의 생사 때문에 그동안 복지 혜택을 받지 못했다고 말했다. 다행히 사회복지사와 상담을 한 뒤 방법을 찾았다는 것이다. 방법을 찾았는데 왜 빚은 그대로 갚았느냐고 물었다가 우리 가족은 충격적인 대답을 들었다.

"제가 뭘 몰라서 처음에 사채를 썼거든요. 그게 불고 불어서 눈덩이처럼 커졌습니다. 그래도 사회복지사를 만난 뒤 사채에서 제2금융권으로 갈아타고 아르바이트도 하면서 상황이 좋아졌습니다. 도저히 갚을 수 없는 빚이라는 생각에 절망했던 때에 비하면 지금은 천국에 사는 느낌입니다."

자연스럽게도 처음에 사채를 얼마를 썼느냐는 이야기가 나왔다. 얼마를 썼기에 3년 동안 노예보다 더 가혹하게 일해야 겨우 갚을 수 있는 금액이었던 것일까.

김찬대가 대답했다.

"3년 전에 제가 두 분께 송금했던 돈 200만 원과 사고가 나면서 부서진 복권 가판대 수리비, 제 병원 치료비를 합하니 500만 원이었습니다. 그것이 사채의 원금입니다."

"아니, 잠깐만."

아빠가 김찬대의 말을 끊으며 끼어들었다.

"지금 우리 가족에게 보낸 200만 원을 갚기 위해 사채를 썼었다는 말인가요?"

"네. 그렇습니다."

"그때 다친 다리 치료하고 복권 가판대 수리하는 데 300만 원이 들었고?"

김찬대는 고개를 끄덕이면서 말을 계속했다.

"500만 원이 크다면 크고 적다면 적은 돈인데 아무도 빌려주지 않았습니다. 은행은 물론이고 친척 한 사람 한 사람에게 연락해 봤지만, 빌려주는 사람이 없었습니다. 연락할 데라

곤 사채업자뿐이었습니다. 제가 조금만 더 똑똑했더라면 그 빚을 먼저 갚고 공부를 다시 시작했을 텐데 똑똑하지 못해서 공부를 놓지 못한 채 빚을 내버려 뒀더니 3개월이 지나자 두 배로 늘어나 있었고 다시 3개월이 흘렀을 때는 네 배가 아니라 여덟 배로 늘어나 있었습니다. 제가 후회하는 것은 왜 진즉 정부 기관을 찾아가 도움을 요청하지 않았었나 하는 것입니다. 그랬더라면 빚 갚는 기간을 훨씬 줄일 수 있었을 뿐 아니라 법에 대해서도 잘 알 수 있었을 테고, 무엇보다 찬영이한테도 상처를 주지 않고 더 잘해 주었을 텐데 말입니다. 제 친척 중의 한 사람은 말이죠."

김찬대는 겉으로는 우리 가족을 비난하지 않고 자신의 청을 거절했던 친척들을 비난하고 있었다. 자기 친척 중 어떤 분은 매우 부유했고 아버지가 살아계셨을 때 허드렛일로 도움을 많이 받았으면서 아버지의 장남인 자신이 500만 원을 빌려주면 1년 안에 갚겠다고 했는데도 사연을 끝까지 들어보지도 않고 중간에서 전화를 끊었다고 한다. 그러면서 강조하는 말이 이랬다.

"그분은 우리 형제에게 그러면 안 되는 분이었거든요."

그 말을 듣는 순간 누나가 먼저 방으로 들어가 버렸다. "우리 형제에게 그러면 안 되는 분이었거든요." 하는 말은 아무리 들어도 우리 가족을 향한 말로 들렸기 때문이다. 나 역시 방으로 들어가 그 자리를 회피하고 싶었지만 사건 당사자인지라 그럴 수는 없었다. 죄송하다는 말도 나오지 않았다. 김찬대는 끝까지 발톱을 숨겼다.

"하지만, 뭐 이미 말씀드렸듯이 이제 다 갚아 갑니다. 두 달만 있으면 저는 해방입니다. 이런 말씀이나 드리려고 온 건 아닌데…… 암튼 걱정하지 마세요. 저 정말 잘하고 있습니다."

김찬대는 곧이어 이런 말을 덧붙였다.

"말로 때우겠다는 이야기는 전혀 아닙니다. 마땅히 배상하겠습니다. 제 동생이 촉법소년인 것은 분명한 사실이지만…… 형사 처벌만 면할 뿐 촉법소년도 여러 대가를 치러야 한다는 것을, 그때는 몰랐지만 지금은 알게 되었으니 당연히 제 동생이 저지른 사고에 대한 책임을 지고 배상하겠습니다. 찬영이 학교에 알려서 판단 받아야 할 일이 있다면 그 또한 망설이지 않겠습니다."

김찬대 김찬영 형제가 바라는 것은 무엇이었을까. 그 순간 우리 가족 중 누구도 그런 계산을 하지 않았다면 거짓말일 것이다.

"제가 조금만 똑똑했어도 하지 않았을 고생을 했습니다."

그날 김찬대는 그 말을 몇 번이나 강조했다. 촉법소년도 대

127

가를 치른다는 것을 3년 전에는 몰랐지만, 지금은 알았다고 하는 말이 내게는 너무나 뼈아팠다. 김찬대는 이번에 김찬영이 저지른 잘못에 대해 배상하겠다는 의지를 강조함으로써 3년 전 우리가 받은 배상금 200만 원이 잘못된 것이었음을 역설적으로 비판하고 있었다. 자기 자식이 돈 몇 푼 뜯으려고 차도로 뛰어들어 사고를 냈으면 미안하다고 해야 하는데 그 부모라는 사람들은 적반하장으로 배상을 요구하더라니까. 김찬대가 사회복지사와 어떤 대화를 주고받았을지 상상하는 것은 어렵지 않았다. 누가 약자이고 강자는 누구인가. 그 순간 우리 가족이 할 수 있었던 것은 김찬대에게 울면서 매달리는 것이었다.

엄마가 먼저 무너져 내렸다.

"미안해요. 우리가 정말 잘못했던 것 같아요. 그때 그러지 말아야 했는데."

그러고는 김찬대 앞에서 무릎을 꿇고 빌었다. 나도 일어나 죄송하다고 말한 뒤 무릎을 꿇었고 아빠도 따라 했다. 무릎을 꿇었지만 따질 것은 따져야겠다는 듯 엄마는 우리 학교 1학년 학생 6명에게 찬영이가 접근한 것이 계획적이었는지 아닌지 물었다. 김찬대는 모르는 일이라며 어리둥절했고, 찬영이는 거기에 계획 같은 것은 없었다며 양손을 내저었다. 민

어달라고 강조하기도 했다.

"저는 겨우 초등학생이에요. 그런 머리를 어떻게 쓰겠어요?"

그렇게 말하니 믿지 않을 수는 없었으나 찜찜함은 여전히 남아 있었다. 세상에 그런 우연은 있을 수 없기 때문이다.

김찬대와 김찬영이 돌아가고 난 뒤 그들이 앉아 있던 소파에는 두툼한 서류봉투 하나가 남아 있었는데 혹시 돈이면 어쩌나 혼비백산하고 열어보니 유아용 카드였다. 제목은 '엄마 너구리 도미노 게임'이었다. 그 슬픈 제목의 카드를 손에 들고 나니 도미노를 입은 소년의 마음을 알 것 같았다. 김찬대와의 용건은 온 가족이 무릎을 꿇는 것으로 끝났으나 아무도 어린 김찬영이 받았을 상처는 헤아리지 못했다. 김찬영은 나와 우리 가족에게 자기 몫의 사과를 따로 받아낼 작정은 아닐까.

선한 마음의 파도가 되어

　엄마 너구리 도미노 게임은 엄마 너구리가 9마리 새끼 중 사라진 한 마리를 찾아 나선다는 이야기로, 그 한 마리를 찾지 못하면 남은 8마리에게 먹이를 주지 않겠다고 선포하며 시작한다. 새끼 너구리 9는 가족을 위기에 빠뜨리곤 하는 6이 미웠지만, 녀석을 찾아 나서는 일에 협력했고, 그 결과 맛있는 음식을 나누어 먹을 수 있었다. 그것이 코스 1의 따뜻한 이야기라면 코스 2는 새끼 너구리 9가 6을 찾아 나서는 일에 협력하지 않아 가족 전체가 참혹한 죽음을 맞이한다는 이야기였다. 그 밖에도 취향에 따라 여러 코스가 가능하지만 힘든 상황에서도 선한 마음을 먹고 굳건하게 나아가면 그 선한 마음이 형제와 이웃들에게 파도처럼 연쇄적으로 퍼져나간다는 점에서 도미노 게임이 갖는 공통적인 특징이 있었다.

찬영이가 엄마 너구리 도미노 게임을 내가 봐줬으면 한 이유를 모른다고 하기는 힘들었다. 빚으로 인해 김찬대에게 위기가 닥치자 찬영이는 자신도 위태로워졌다고 여겼을 것이다. 얼마나, 어떻게 위태로워졌는지를 상상하기는 어렵지 않았다. 형과 단둘이 사는 초등학생이 그 형이 돈 벌러 나간 밤을 혼자 보내야 한다는 사실보다 잔인한 게 있을까.

나는 알아들었다. 그리고 진심으로 미안해서 긴 문자를 통해 찬영이에게 사과했다. 찬영이가 "감사합니다."라고 너무 짧게 대답해서 조금 서운하기는 했다. 문제는 그렇게 해서 한두 달이 더 지났는데 엄마 너구리 도미노 게임 카드를 어떻게 하느냐가 문제로 남았다. 집에 두고 싶지는 않았고 그럴 수도 없었다. 그렇다고 버려도 되는지는 내가 결정할 수 있는 것이 아니었다. 그것을 쳐다보면서 날마다 죄책감에 사로잡히는 것은 정말 못 할 노릇이라고 느끼던 어느 날 나는 엄마 너구리 도미노 게임 카드를 찬영이에게 돌려주기로 마음먹었다.

한가한 토요일로 날을 잡아 엄마 너구리 도미노 게임 카드를 들고 찬영이 집으로 갔다. 다세대 주택의 대문은 잠겨 있었지만, 초인종 같은 것은 보이지 않았다. 집집이 열쇠를 이용해 문을 여닫는 것 같았다.

'손님이 오면 어떻게 하나.'

이를테면 우체부가 어떻게 우편물을 주고 가는지 상상해 보았다. 우편함에 꽂아놓거나 급할 때는 전화를 걸겠지. 그랬다. 나에게는 김찬영의 전화번호가 있었다. 엄마 너구리 도미노 게임 카드를 그냥 우편함에 두고 가기에는 부피도 있었지만, 찬영이가 나중에 어떻게 생각할는지도 신경 쓰였다. 직접 만나서 전해 주는 게 예의라고 생각했다.

찬영이에게 전화하려고 휴대 전화를 꺼내 드는데 마침 아저씨 한 분이 재활용 쓰레기봉투를 들고 계단을 내려와 밖으로 나왔다. 나는 재빨리 대문을 통과해 안으로 들어갔고 옥탑방으로 올라가는 단독 철제 계단을 찾아냈다.

"부라보!"

2층과 3층 사이를 지나가고 있을 때 어디선가 그런 외침이 들렸다. 집 안이 아니라 밖에서 들리는 소리였다. 삼겹살 굽는 냄새가 코를 찔렀다. 나는 발소리를 죽이며 옥상을 향해 계속 올라갔다. 4층과 5층 사이를 지날 때였다.

"고생 많았어요. 오빠 존경합니다. 정말 대단해요."

분명 옥상에서 들리는 소리였고 여자인 것 같았다. 학생 같은가 하면 성인 여자일 수도 있다는 생각이 들어서 나는 걸음을 멈춘 채 귀를 기울였다. 찬영이네가 아니라 다른 가족이 옥상으로 올라가 고기를 구워 먹는 거라면 왠지 모르게 어색해질 것 같았다. 도둑이나 그 비슷한 사람으로 오해받을 수도 있었다. 그 사람들을 통과해 찬영이를 만나야 할지 아니면 오늘은 그냥 집으로 돌아가는 게 나을지 잠시 고민했으나 대화를 조금 더 들어보는 것 말고는 결정할 방법이 없었다. 여자의 목소리가 연이어 들렸다.

"빚 다 갚는 데 정확히 얼마나 걸린 거예요?"

"2년 하고도 10개월. 다 갚고 나면 시원하고 날아갈 것 같았는데 나 왜 이렇게 슬프냐. 막 공허하고 허탈하고 섭섭하고 화가 나고…… 기분이 이상해."

그건 분명 김찬대의 목소리였다. 울고 싶으면 울어도 된다며 여자가 김찬대를 위로하고 있었다. 빚을 다 청산하고 축하 파티를 여는 게 분명했다. 그러고 보니 9월 말이었다. 존경한다는 말은 내가 하고 싶은 소리였다.

"3년간 나라 지키러 군대 갔다가 왔다고 해도 억울할 판인데 애꿎은 500만 원 갚느라 3년이나 생고생을 했으니…… 내가 지금이라도 그 인간들 확 밟아 버릴까? 찬영아, 누나랑 다시 한번 팀플레이, 오케이?"

귀를 기울였으나 찬영이 목소리는 들리지 않았다. 팀플레이라는 말이 거슬렸다. 확 밟아 버리고 싶은 인간들이 누구인지는 분명했기 때문이다. 알지도 못하는 여자가 팀플레이 운운하며 남의 일에 왜 끼어드는지 괘씸한 생각이 들었다. 얼굴이라도 확인하고 싶었다.

그때 김찬대가 말했다.

"됐어. 이미 쓴맛을 호되게 봤는데, 뭐."

"하긴. 남에게 200만 원 갈취해 음악 학원 보내고 오디션 치르더니 그렇게 허무하게 떨어질 줄이야. 생각만 해도 웃겨. 하하하."

"우리라도 그 누나한테 투표했어야 하는 걸까."

찬영이의 목소리였다. 여자는 버럭 화를 냈다.

"야, 무슨 투표까지 하냐. 노래를 잘하지도 못했는데."

"하긴 그날은 가사도 틀리고……."

"첫 단추를 잘못 끼우니까 그다음도 우르르 무너지는 거지. 난 쌤통이라고 봐."

나는 주먹을 쥐며 몸을 부르르 떨었다.

'쌤통이라니, 장은진의 탈락이 그렇게 고소했으면 고소하다고 해야지 왜 문자로는 안타깝다고 했는가. 세상에 다시없을 위선자들 같으니라고.'

솔직히 누나가 오디션에서 탈락한 것도 김찬대와 김찬영

때문이 아니라고는 말할 수 없었다. 김찬대 형제가 자정에 우리 집으로 쳐들어와 집안을 쑥대밭으로 만들고 간 뒤부터 누나는 무대에서 제 기량을 발휘하지 못했다. 노래에서는 흥이 사라졌고 생전 안 하던 음 이탈에다 가사까지 헷갈리는 불상사가 일어났다. 생방송까지 올라갔으면 탈락하더라도 미래가 어느 정도 보장된 것이나 마찬가진데 누나의 경우는 소속사를 찾지 못한 채 오디션 활동을 마무리하고 말았다. 숙소에서 다른 멤버와의 갈등이 밖으로 알려진 것도 돌이킬 수 없는 패인이 되었다. 네티즌들이 거기에 끼어들면서 한순간에 인기가 추락했고 걷잡을 수 없는 일로 번졌다.

누나는 다시 학교로 돌아왔으며 요즘은 탈모 때문에 거의 매일 화를 낸다. 나는 김찬대가 착한 척하면서 발톱을 숨긴 채 위선과 가식으로 일관하고 있다는 생각을 떨칠 수가 없었다. 김찬대 형제는 누나와 우리 가족의 기를 죽이는 것을 통해 승리하는 얕은수를 쓴 게 아닐까. 우리 앞에서는 빚을 다 갚았다느니 해방이 머지않았다느니 듣기 좋은 말을 일삼지만, 뒤에서는 온갖 악담에 저주를 퍼부을지 누가 알겠는가. 이런 자들에게 예의를 차려야 한다며 엄마 너구리 도미노 게임 카드를 돌려주러 온 나는 얼마나 한심한 인간인지.

"에이."

나는 그냥 내던지려고 봉투를 옆구리에서 꺼내 들었으나 차마 그러지는 못했다. 버리더라도 거기는 적당한 장소가 아니었다. 최악의 상황은 피했으니 그나마 다행으로 여기자는 아빠의 말이 떠올랐다. 김찬대 김찬영 형제가 3년 전의 사건을 인터넷으로 확산시켰으면 장은진의 오디션 탈락은 일도 아니었을 정도의 절망을 겪었을 것이다. 네티즌들은 입을 모아 김찬영이 장은진을 더 강하게 들이받았어야 한다며 목소리를 높이지 않았을까. 그만 집으로 돌아가기 위해 철제 계단을 내려오는데 찬영이의 목소리가 발목을 잡았다.

"그런데 장도진 형이 요즘 착해졌다는 게 사실이에요?"

그러자 여자의 목소리가 대답했다.

"응. 요즘은 다른 애들 괴롭히지도 않고 빵셔틀도 일절 안 하더라. 심지어는 공부까지 해요. 어제도 복도를 지나가다 봤는데 쉬는 시간인데도 허리를 구부정하게 숙이고 뭘 열심히 쓰고 있더라니까."

순간 나는 얼어붙고 말았다. 아무래도 이상했다. 여자 목소리는 마치 나를 잘 알 뿐 아니라 직접 본 듯이 이야기하고 있었다. 안 되겠다 싶어 다시 몇 계단 올라가 옥상을 엿보았다.

"맙소사!"

아는 얼굴은 아는 얼굴이었다. 바로 찬영이네 집에 왔을 때

마주쳤던 그 여자애가 삼겹살 불판을 사이에 두고 김찬대 형제와 마주 앉아 있었다. 하지만 그 여자애가 왜 나를 아는 척하는지는 여전히 이해가 가지 않았다.

"와, 누나 말대로 진짜 도미노가 따로 없네요."

"그래, 누나가 말했지? 도미노 게임은 배울 점이 많아. 하나가 망하면 덩달아 망하지만 그중 하나가 선한 마음을 먹고 흐름을 바꾸면 모두가 위기에서 벗어날 수 있어."

그러자 김찬대가 말했다.

"용서가 이렇게 어려운 건지 몰랐다."

그렇게 심정을 털어놓았고 빚 갚느라 고생한 이야기가 짧게 이어졌다. 특히 독감에 걸려 일어나지도 못하겠는데 일을 나가야 했던 날이 기억에 남는다고 했다. 여자애가 김찬대를 위로했다.

"어디선가 읽었는데 용서할 수 없는 것을 용서하는 게 진짜 용서래."

"선택할 수 없는 것을 선택하는 게 진짜 선택이고?"

"맞아."

그 대목에서 셋은 깔깔거리며 웃었다. 여자애가 잘난 척해서인가. 나는 그들이 왜 웃는지 이해가 가지 않았다.

김찬대가 말했다.

"그동안 윤주 너도 고생 많았다. 찬영이 공부도 도와주고 이것저것 보살피며 앞장서 주고. 언제까지나 잊지 않을게."

"헤. 잊으면 안 되지. 이젠 빚도 다 갚았으니 열심히 돈 벌어서 저 맛있는 것도 사 주고 선물도 좀 하고…… 그리고 에, 또……"

"알았다, 알았어. 네가 원하는 건 뭐든 해 줄게."

"정말? 와, 신난다."

그러더니 그들은 갑자기 건배사를 외쳤다.

"선한 마음의 파도가 되어!"

"선한 마음의 파도가 되어!"

"선한 마음의 파도가 되어!"

잔을 채운 것이 술인지 콜라인지는 모르겠지만 그들의 우렁찬 건배사는 확성기를 거친 것처럼 내 마음을 잔인하게 울리며 들어왔고 나는 비틀, 하면서 스텝이 꼬이는 느낌을 받았다. 막다른 골목까지 떠밀린 것 같았다. 변명의 여지는 조금도 없었다.

그때 김찬영이 여자애에게 장도진을 조심하라는 경악스러운 충고를 했다. 여자애가 영산 고등학교 1학년 1반부터 6반 명단 찍어 준 걸 장도진이 알면 해코지할 거라는 경고였다. 그러자 여자애가 코웃음을 쳤다.

"장도진 걔, 멍청이야. 어제는 우리 학교 계단에서 나하고 딱 마주쳤는데도 못 알아보더라. 약간 섭섭한 마음이 드는 거 있지."

그러고는 이렇게 덧붙였다.

"해코지하면 나는 가만있냐? 차라리 그러라고 해. 그때는 뜨거운 맛이 무엇인지 내가 제대로 보여 줄 거니까."

그러더니 "아자아자, 파이팅!"을 외치는 게 아닌가. 나는 풀썩 주저앉고 말았다. 여자애는 우리 학교의 다른 반 아이가 분명했다. 몇 개월 동안의 마음고생과 수수께끼가 풀리는 순간이었다. 그것도 모르고 아이들에게 장은진의 사인을 돌리고 웃으며 축하 세례를 받은 나의 어리석음을 떠올리니 등골이 오싹했다. 나는 일어나려고 용을 썼다. 여기서 이러고 있다가 그들의 눈에 띈다면 그보다 더한 패배는 없을 것 같았다. 하지만 다리가 말을 듣지 않았다. 내 몸을 내가 통제할 수 없는 지경에 이르렀다. 그러면서도 주먹은 풀지 않았다. 김찬대가 빚을 다 갚은 것처럼 나 역시 한 시대를 완전히 청산하지 않았나. 누나가 오디션에서 떨어지는 바람에 나는 다시 영산 고등학교 찌질이로 주저앉았다. 공부도 못하고 노는 것도 어중간해서 매운맛이 전혀 없는, 불어 터진 라면처럼 되고 말았다. 뭐가 더 부족하단 말인가.

"차라리 그러라고 해. 그때는 뜨거운 맛이 무엇인지 내가
제대로 보여 줄 거니까."

여자애의 목소리가 마음속에서 메아리쳤다. 세상을 등에
업은 사람의 자신감이었다. 더 떨어질 곳이 있다는 것은 아직
바닥까지 추락하지 않았다는 뜻인가.

"두고 봐. 이 모욕은 꼭 갚아 줄 거야."

나는 난간을 부여잡으며 입술을 깨물었지만 그게 가능한
일인지는 알 수가 없었다.